圍牆情人

The Wall of I Love You

唯然 著

序

圍牆情人是我早期創作的作品，其中難免有不成熟的地方。有許多段落，也算是我當時的困境。直到現在，我依然可以感受到那段創作期的喜悅與煎熬，因此我想，文章多少還是留下了一些什麼。故事中的某部分一定有能成為養分或啟發性的東西。幾番思考後，我決定拿出來與讀者們分享。

感恩引領道路，開啟我智慧的生命導師。
感恩在背後支持我的父親。
感恩每個陪伴在生活裡的可愛夥伴。

引用——Kurt Vonnegut, Jr的一句話：

主啊，請賜給我平靜，能接納我無法改變的事。請賜給我勇氣，能改變我可以改變的事。並請賜給我智慧，讓我能辨別這兩者的不同。

楔子

圍牆情人被神棄置在圓形的高牆中，每個晚上他拼命在各個牆角邊挖洞。那些洞口大小不一，有的洞口填滿了許多聲音，有的洞口則安靜無聲。在最喜歡的洞口中，他可以聽見美妙的音樂和自己的笑聲。

唯一的缺憾是，他住的那座高牆內沒有可口的食物，只能仰賴腳下的糞土來度過飢餓。那些糞土從洞口外的世界流進來，裡頭帶有致命的嗎啡和令人憂鬱的成分。因著這些物質，他的身體開始產生劇烈的變化，像是他發現自己長出了一層厚厚的繭，變得強壯堅硬起來。然而他的心則變得更加纖細脆弱，容易受傷，容易心碎。

但突然有一天，圍牆情人發現自己不再能接受某些洞口的聲音——那些聲音對他來說，實在太過尖銳了。於是他決定封閉一些洞口。一些洞口。和另一些洞口。到了最後，他連自己最喜愛的洞口也封閉了。

曾經他費心挖掘的洞口；曾經令他歡欣鼓舞的洞口；曾經陪伴他度過孤寂夜晚的洞口；這一切的一切，從期待轉為失望；從興奮退回平淡。

偶爾他會發神經的退回洞口，嘶嘶啞啞的對著洞口說話。但洞口早已被他封閉，不再有所回應。因此在那個高牆中，他每天唯一能做的，僅是仰望頭頂上，神留給他的——巨大洞口。

目次
Contents

圍牆情人

我想，多少還是能說點什麼吧。

關於生命。

關於圍牆。

關於孤獨。

關於我們相愛卻能彼此獨立。

妳有妳的圍牆；當然，我也有我的。

雖然我們一找到對方，就要分離了，

但沒關係，只要彼此都在。

1

上上個夏天發生好多事，生活淹沒了夢想，庸碌消耗了時間，青春一下子就消失無蹤，曾經寫下的永遠、一輩子的好友、保持聯繫、永遠愛你，這一切的一切現在全攤在鋪滿灰塵的木頭櫃子中，沒有人在意。

偉大的時代巨輪，牽動著城市汰換的樣貌，一季季的趕上流行，又一季季的退貨，生命流轉如昔。每天我們都是這樣活著，不知不覺來到下一個階段。

好像就是這樣，時間一到，我們都假裝長大。

上個夏天來的時候，我落在一間充滿洋風的學校，平時喝的是法國咖啡，吃的是義大利麵條，聊的是世界主義，跳的是拉丁舞，學的是德國分裂，看的是好萊塢電影，愛的是英國腔調，做的夢是古巴革命英雄。

似乎有過那樣一段日子，……

……那時我睜開眼，清楚記得自己右腳踩在二十一世紀初，左腳踏上二十一世紀末，想著這百年中，人口將塞滿地球，海洋會吞掉四百個島嶼，鳥類以及高等植物即將滅絕，紐約、倫敦、舊金山、威尼斯、東京、曼谷、雅加達、上海、里約熱內盧將會一一淹沒，成為新的歷史。

就是那麼一回事。我的腦中塞滿知識，卻對這個世界一無所知；而生活則是一補破洞，充滿無止盡的虛無。

我筆直望著前方，開始頭暈腦脹，開始視線錯亂，開始看不見自己，開始遠離自己。我拚命抬頭挺胸，站在現實上，卻驚然時間正往兩邊輾壓，一邊是過去，一邊是未來，而我只是瞬間。

就是這樣。再過一百年，不管我往哪個方向走，現在所擁有的一切終會化為烏有。反正什麼都帶不走，我試著安慰自己。

左手按著計算機，右手數著生命。一根手指頭是十年。截至目前為止，我用光了三根手指頭，發現裡面充滿了煩惱。若將手指頭的長度對照煩惱的數量，那真是不可思議的真實。不過，這就是事實。

寫下這段話時，我正處於一個要死不活的狀態。那時我是大一新生，做什麼都提不起勁，覺得生命是一團垃圾。而學校的事更不用說，我對那一點也提不起勁。一方面我選的科系是參考《學生大企業》雜誌的年度企業最愛大學生科系排行榜，並不真的狂熱於此；另一方面，休學工作或重考也不被家人允許。

然而，自己究竟喜歡什麼、適合什麼，一點也沒有頭緒。我覺得每一條路都可以走，但似乎走不到最想要的那一條道路。至於自己擅長什麼、天賦在哪，通通無法確定。檯面上的科系或者專精的領域也並非我的渴望，念大學好像就只是活著的一部分。必須隨著時代、期待而待下來的暫時棲息地。好像就只是我總得待在什麼地方，安插進去，然後學著適應和妥協。

〇九年的夏天，心情實在煩悶，於是我買了一張單程機票，坐上生平第一架飛機，在島的上方看島的落寞，意識到自己渺小得可怕。

2

地點：距離紐約二五五英里。背包：錢、墨鏡、防曬霜、短褲、巧克力、地圖。

七月四日，美國獨立日。一間合租的小木屋。背包客。打工。遊樂園。旅行。尋找。久別重逢。分道揚鑣。

「所有事都一樣，只要想著空間和時間，一切就容易多了。」說這句話的同時，我們正待在遊樂園的鬼屋。我穿著吸血鬼裝，而他穿著像史瑞克那種塊頭的兇狠裝扮。

「為什麼？」

「就是那樣啊。」他說：「世界上發生的事全都不值得一提，大抵人們的生活都一樣，周遭充滿著悔恨和遺憾，而且老實告訴你，尤其是感情這一塊，沒什麼好講的。」

「啊？」我說。

「太渴望完美的結果，有一天你會把自己逼到絕境。這是達不到的事，因為你就是會遇到差〇．五米的人；就算已經成為情人，雙方的心底也還會存放著另一個情人。這件事你明白嗎？」

「胡說八道。」

「這種事最好坦然放下。不管對誰都一樣。我舉個例子好了，想聽看看嗎？」

「來吧。」

「假設有一天，你走進鬼屋，可是再也出不來，為什麼呢？因為你早已甘願成為鬼屋的一部分。就是這樣。大部分的事情都是這樣。因此被困住或拚命的事，最好別過於熱衷，萬一不小心捲進去，沒有人救得了你，除非你懂得運用自身的力量，跨出鬼屋。」

感情的事，他相當瀟灑，彷彿是個獨行俠，不過他自己身邊就有兩三個在約會的女孩。上禮拜女方還追進宿舍，窩在他的房間耍賴不走，吵得大家不得安寧。

這幾天來，他劈哩啪啦的告訴我各種觀點，起初我覺得這個人只是愛說大話，但後來覺得這樣也好，自己確實需要有個指標性或方向性的東西靠岸。

「我說啊，為什麼總在鬼屋內談論這種事呢？出去也可以說嘛。」

「那不一樣，」他說：「有些話，見不得光。」

「是嗎？」

「攤在陽光下的人，愛聽謊話。」

這就是我的室友Echo。他是墨西哥人，年紀大概四十出頭，臉上留著絡腮鬍，是一個有啤酒肚的男人。

下班前，他又說話了那段話有些長，不過我竟然完完全全記起來了。

「那只是性格上的差異罷了。這世間總得有什麼人去做那些抗爭的事，無關對錯，投入的地方不一樣而已。像我啊，最喜歡嚇人，如果世界上有開一間如何嚇人的專業學校，我根本不會待在這裡。

嚇人是一種藝術。任何事都可以成為一種藝術，在於專注程度而已。如果純粹為了金錢，那多無趣，不是嗎？」

接著，我們走到休息室，脫掉恐怖裝扮，一起打上PM 7:50分的卡。

天黑前，我漫步到海灘欣賞比基尼女郎。

一切美好到超乎想像。

3

Echo盯著我，認認真真的再重複一次。

現在我們坐在夏日柔軟的海灘上。

「總之，再怎麼尋找，想要的另一半始終是相似的輪廓。」Echo說：「而且總是愛上年紀大很多的人。是那種無可救藥的致命吸引。一眼就迷戀上了，像是一種宿命性的東西。」

「宿命？你竟然相信這種事。」

「有時候經歷太多，你不得不對命運屈服，……像有人每次都喜歡上同一個星座的女孩，……喜歡上同一類個性的女孩……明知道彼此生活模式完全不同，卻還是那樣愛上……怎麼揮也揮不掉……努力向老天祈禱……拜託快讓那個女孩消失，掉下一個更適合我的女孩吧……可是……結果還是一樣。」

「為什麼老是談這種事呢？」我說：「先前不是說沒什麼好講嗎？」

「確實如此。」他停頓了一下。「但一看見你，就想告訴你這些事。並不是我自願的。是你有那種魔力開啟宿命性的東西。」

「有一天遇上的話，再打電話跟你商量，現在沒必要討論呀！」我感到厭倦，畢竟他前後已經說了三個小時，每次都將話題推向感情。我猜他有很想說卻無法表達的事，只是隨便找個人發洩罷了。

我離開他，獨自漫步海灘。再回頭時，他已經隨便找到另一個人說話。那樣也好，陌生人更能暢所欲言吧。

我開始尋找偕同而來的泰國女孩。

剛剛一到海灘，女孩嚷著要玩水，之後便一股腦兒地衝向大海。現在海面找不到她的身影。我在遠方的海面搜捕她。

放眼望去，天空清澈分明，藍就是藍，白就是白，只要專注在當下就能感受到一種愉悅和輕鬆。

後來我發現她了。她在水中玩得不亦樂乎，快樂的吆喝叫著，一會兒喝進鹹海水，一會兒沉沒海底。這個景象相當有趣。我認為她玩得很開心。但之後她的神色開始不對勁了。

她似乎溺水了。

而她周遭的人各自游泳，在海水中浮浮沉沉，玩得十分開心，並沒理會她。我認為她死不了。然後一名黑人英雄出現，抱住她的身軀，將她這個麻煩女孩送上岸。

泰國女孩一上岸便倒在沙灘上。而這一切我都看在眼中，我像水般滲了過去。

「不錯嘛！」我說：「剛剛玩得挺開心噢。」
「別說了，我快被大海淹死。」泰國女孩一邊說，一邊大口喘氣。我從背包拿出礦泉水遞給她。她又喘又渴，表情相當恐怖，像經歷一趟生死般。
「我拚命呼叫，大喊Help啊。」
「我老早發現不對勁了。」
「看見我發生這種事，」她打我一拳。「為什麼不來救我？」
「妳看起來在海裡玩得很開心哪。」我笑了笑。
「這種事要謹慎處理。」她重重地說：「不能開玩笑。」
「這兩個禮拜，妳每天嚷著好想游泳，所以我們才陪妳到海灘玩耍。現在發生這種事，不能怪別人。」
「……不是那樣說啊。」她嘟起嘴唇。
「沒辦法……」我攤手說：「我不會游泳。」
「遜斃了。」
「所以誰落難，我就傷腦筋。」我摸摸鼻子。
之後她一語不發，望著遠方的海鷗，人落入無限悲哀的循環中，不知道在想什麼。我坐在她旁邊，找不到話語安慰，最後她氣沖沖地離開。

那之後我們沒有再見面。

「你跟她發生什麼事嗎？」Echo一邊說，一邊喝著一塊美金的啤酒，手上夾著菸，裸著上半身。那是三個禮拜後的事。

「沒有。」

「為什麼她看你的眼神總是特別兇？」她指的是泰國女孩。

「不知道。」我喝了一口啤酒，不想提這種事。

「好吧……我上次說到什麼……噢……我想起來了……第三種可能……專心聽噢……」

「我正在聽。」

Echo每天說很多話，尤其一到深夜，更是拚命說話，不過內容沒什麼營養。但說實在，這世界上究竟什麼是具有營養的談話？我相當納悶。

「你待在陌生的地方，睡了一夜醒來，發現床底下躺著屍體，而且不曉得是男是女噢。跑到外面時，你發現自己就在十字路口邊的小屋，周遭一個人也沒有。偶爾露營車經過，你拚命揮了手，卻沒有人停下來。不是他們不願意載，而是開車的人根本就看不見你。」

「為什麼開車的人看不見？」

「自己想啊。」

「是陰天嗎？」

「別管了，」他繼續說：「重要的是，只要待在地球，每個人或多或少會遇見那種情況，到了那時候，或許會有些生氣噢，因為自己多麼努力讓別人發現，可是每個人只是拚命看著前方。大家都是這樣啊。不會有人花心思停下來。」

「住在隔壁的義大利人和法國人也有遇過喏。」他加強語氣，又說：「九月或十月的時候，你待下來，說不定就會遇到了。」

「誰會特地為了這種事留下來。」

「隨便你啊。」他說：「不過遇上的時候就找不到我幫忙囉。」

「那麼現在來點提示啊。」

「真的想聽嗎？」

「是你想說吧。」

他嘻皮笑臉，不慌不忙。

「要發出強烈的訊號。」他認真的說。

強烈的訊號。

4

如今也才過了五年。

一千八百二十五個重複的日子。一千八百二十五個起床刷牙、上學工作、晚安睡覺的日子。

倘若阿基米德不在他那短暫的人生中辛勤投注，或許現在每位青少年也不會被三角形搞得頭痛。當然頭痛的原因不僅僅是三角形，還有許多拐個彎又回到原點的問題。

但同樣也是三角形的問題：我，妳，她。

5

三年之間，我真是用盡各種方法填補裂縫，像個水泥工人般，這邊破洞補補，那邊破洞也補補。好辛苦工作。然而一切竟沒完沒了。東邊的砲彈往西邊進攻，西邊的砲彈往東邊進攻，我縮著身子待在圍牆旁，沒有一天睡得安穩，於是決定帶著黑眼圈和為數不多的糧食、急救箱、鋼盔前往她的基地。

決定不玩了，挨著求她，別鬧了。

也挨著求自己，別再多情，就這樣吧，到此為止，已經頭破血流好幾遭了。

最後一次見面時，我們坐在Ｄｒ．德式料理餐廳吃著豬肋排。原本我們想點德國豬腳，但那間餐廳該有的都沒有。什麼也沒有。

「連德國啤酒也沒有嗎？」她叫來服務生。

「我不想喝中國的全麥啤酒呀！」她生氣的說。

「還好吧。中國啤酒有什麼差。」我小聲的對她說。

「這裡是德、式、餐、廳。」她有些大聲。

服務生一臉尷尬，頻頻點頭道歉。

「說話啊！」她一臉凶悍，氣勢凌人。

「抱歉，因為最近國家情勢的關係，導致進口中斷，」服務生說：「為了補償你們，店內免費提供兩瓶全麥啤酒。」

「謝謝。」我說。禮貌性微笑。

一說完，服務生挺直身子，轉身隱進廚房。

這時，她把怒氣潑過來，兩眼瞪著我。我若無其事的望向窗外街景，試著不注意她，沒想到她用力踩了我的腳。我痛得縮緊身子，抱起右腳。

「遲到不會道歉嗎？這次你請客。」

我點點頭。用濕紙巾擦乾身上的雨水。移走桌上的稿件。

「怎麼樣？」

「先別提這件事，我想靜一靜。」

「今天截稿吧。寄出了嗎？」

服務生遞來兩罐全麥啤酒，我試著轉開，開口卻緊緊閉著。

「我記得有人提過，『藝術家應該致力於數量，畫家努力累積畫作，而作家呢，努力堆滿字數。』是這樣吧？分開這半年，你應該寫滿足以投稿的作品吧！每天二五〇〇字的話，一個月後就是一部作品噢！」

我心灰意冷，看著前方的豬肋排，毫無胃口。

「豬肋排快涼了。」我說。一邊望著窗外風景。表面上是那樣看著，但實際上我什麼也沒看進去。我感到巨大的困惑。**為什麼所有事情都成了數量化？**一本作品七萬字，一份香橙烤雞兩百五十塊，一次速剪頭髮十五分鐘，然而一個人對另一個人的感情呢？那又該如何量化？

「連聊聊都不願意嗎？」她有些生氣。「好，長達三年的感情，現在連聊聊都不願意，還是堅持你那套『強化邊境』的說法嗎？」

「強化邊境」是「保留雙方空間」的另一種說法。

多年來，每遇上一位女朋友，我總是那樣說。習慣了，也沒什麼大不了。但女方總對這件事相當生氣。不過遇上她，我的說法一概無用。畢竟她是個十分霸道的人，不像其他女孩還會尊重我。

記得剛交往沒幾天，她便強硬的搬進我家，將房間佔滿她的假睫毛、保濕液、化妝水、卸妝油、隱形眼鏡盒、唇膏、口紅、眉毛剪……

也把地板弄得到處都是。BBC新聞考卷、BBC聽力、語言學概論、美國公路電影分析等等。空間全被她占領，相當霸道。

除了空間之外，就連我的身體也不得安寧，像是每天醒來還得注意衣服、頭髮、臉頰上有沒有黏著假睫毛或沾上彩妝。

我適應好長一段時間，起初覺得在外地生活，雙方有個照應也不錯，但彼此都不是那麼好相處的關係，後來竟然開始吵個不停。

我盡力露出笑容，轉移話題。

「還記得上次一起在柏林圍牆拍的照片嗎？」

「怎麼了？」

「可不可以給我一份檔案。」我說：「想做個紀念。」

「簡單啊。」她的嘴巴沾到醬汁，但我什麼也不想說。

「德國現在挺糟糕噢，大家都失業呢。報紙上說，股票跌得很嚴重，年輕人都不知道該怎麼辦。薪水少、政府又腐敗，卡夫卡如果還活在世上的話，或許會寫出更恐慌的世界吧。」她的語氣有點輕藐，我聞得到那種味道。

「不是報紙說什麼就是什麼吧。還是有許多努力累積東西的年輕人，不是什麼都太糟吧，況且卡夫卡不是那樣拿來湊合解釋的。」

「薪資低、環境差、政府不支持，有什麼比這個更糟？」

「大家還是活得好好的。」

空氣霎時凝結，她皺了一下眉頭，滿滿的不悅往我吐來。

「總之，我不想管你了。」她霸道的說：「繼續你的癡心妄想，有一天還是必須頭破血流，為生活奔波的。」

又來了，總是這樣，談著談著氣氛總是變僵。我再轉移話題。

「嘿，我剛剛想到一個最佳的譬喻。」我亮開眼。

「什麼譬喻？」

「我是東德人，妳是西德人。」

「牆垮好多年啦。」她撐著頭，望向窗外。雨停了。

「問題還是在啊，妳真的不懂嗎？」

「除了耍嘴皮子，沒有別的事情可做嗎？」她的語氣含有相當大的偏見，我有些生氣，決定不再說話。下次也不想見面了。為什麼她老是擺錯重點呢。有時我真懷疑，究竟兩人是如何挨過那三年的同居生活呢？

但即便如此，那個夜晚，我還是讓她上樓了。

她在我家那張超大加菲貓床上偷哭，流下了大小不一的眼淚，有輕有重。我們瘋狂激烈的做愛後，她累得睡著了。我摸摸她的頭，要她別擔心，英雄總有一天會走進她的生命。

後來我睡不著，打開桌邊的小燈，什麼書也不想讀，只是靜靜地聽著雨聲落下。然後我想起巴爾扎克。那個小胖子到底是怎麼在短時間內，創造出驚人的文學作品呢。要我致力於數量？辦不到啊！我渴望的是刷亮讀者視線。不管是形式或內容。是讀了會讓人振奮的有趣內容。巴爾扎克所帶給我的經驗，只有「讀三行就打瞌睡」的毛病。這一切——使我懷疑巴爾扎克是不是在裡頭加安眠藥。

是時代的問題，我想。

兩個禮拜後，偷哭的女孩飛到新加坡，交了個新加坡男友。

而我，只是待著，什麼也沒做。

依然什麼也沒做。Fuck。

6

八月二日，下午二點五四分。打掃。

A4稿紙散落地面。我撥掉。推到角落囤積。

好吧，半年來累積的東西只剩這些。

一堆廢物。垃圾。對不起樹木。刪刪改改。刪刪改改。最後怎麼看都不順眼。推倒。拉倒。我真的很沒用。

她一大早離開後，留下一萬塊，以及香港的朱古力。我心情相當差，撿起一張又一張的稿紙，重新分頁，裝進資料袋，一邊收拾家裡，一邊聽著《昆汀・塔倫提諾》的電影配樂。

像往常那樣，她什麼也沒帶走，於是我把她留下的、不要的、沒用的，全都一齊打包。我猶豫過是否把她那件粉紅色頑皮豹雨衣扔掉，但想來想去，還是決定留下來。那件雨衣是我用生平第一份稿費買來送給她的生日禮物，說到底也頗具紀念意義。

她是一個外緣極好的女生，但由於生活上的凌亂，造成她極少有整理東西的時刻。與她同居時，清掃的事通常落在我身上。我沒關係，只希望她回來睡覺時，記得枕著我的胳膊入眠。

她極有語言天分，認識她時是社團的英文演講代表和補習班英文老師。每天活在有英文的日子中。「這麼拚命究竟為什麼呢？」我問她。

「人生啊。奮鬥啊。就是這樣啊。沒什麼好為什麼。」她說，頂著美麗的光環，又說：「像你啊，書念得普普通通的，倒不如去學別的技能。」

「我還沒想好將來想靠哪種技能過活。總之，不喜歡的東西無法勉強。」

「政治、法律、經濟、金融，隨便挑一種專攻都很好啊。」

我搖搖頭。「不可能那樣，沒興趣的東西就是沒辦法。」

「萬一不快點爬樓梯，只能看著大家抵達山頂。」她說：「人只要專精一種技能，就可以活下來。」

「我知道。」我搓搓鼻子。「不是每個人都太早開竅的，我的那種要很慢很慢很慢……」

「跟開不開竅沒關係，」她說：「語言沒天分的話，競爭上會少很多優勢。」

「可是我就是沒辦法像妳一樣。」

「努力！」她強調。「別來那套。」

「有些事不是努力就能達到的。」

我不再理她，翻開瑪格麗特・莒哈絲的《情人》。

「每天看死人的東西，活著的人根本走不到你的地方。」

我蓋住耳朵，用盡力氣鑽進死人的世界，而她故意把ＢＢＣ英文廣播打開，跟著大聲複誦。我痛苦死了。

那時是同居的第一年。

之後，我將垃圾袋綁上兩個結，打開門，走下樓。傍晚時分，烏鴉沒有叫，等到垃圾車來時，我將她的霸氣和任性一次丟掉。

我想，可以暫時鬆一口氣了。

不過那天晚上，我到凌晨四點才勉強睡著。

7

信箱，沒有信。

帳單，過期帳單。

她的錢，不動。不想動。不想動。慢慢打開。

我妥協。分成三等份。拿起其中一份。

放回抽屜。不動。保持不動。

現在我大字形的躺在床上，抱著稿件煎熬，告訴自己要爭氣。

但投出去。落選。投出去。落選。再投出去。落選。一點也沒用，學的是外國文學，做的是外國夢，不可能出現鄉愁文學。不可能啊。

翻來覆去，翻來覆去，挖出一條自己的縫鑽進去，但味道不對，氣氛不對，不是自己的。不是自己的。全不是自己的東西。沒有自己的話。自己的個性。自己的生命。全是別人的生命。究竟要花多少的時間，才能釀出屬於一瓶自己的酒。

床前明月光，疑是地上霜，我今踏步過，驚然無故鄉。

世界，到處充滿模糊的東西，借來的招牌，過海的外國菜，翻譯文學，換湯不換藥的流行音樂，仿美的電影語言，……

我是外國鳥，不是國外島。我是我。我是意識。我是三位一體。

胡亂說話一陣子後，焦慮再度來襲，我緩緩的落入夢裡，一直捧捧捧，幸好再次驚醒時沒有傷口。突然一陣天雷地動，一雙粗糙的手搖憾我的天我的地，要我一滾再滾，快要失去容身之地。

老房東要我滾滾滾，我欠他房租好久好久了。

「也不是我不幫你……就是人家急著要租，不租不行，……而且大家都是明眼人，擺在眼前的事實，該怎麼辦就怎麼辦。哎，大家出外生活，互相一點，下次有機會合作才愉快啊！」

「實在太臨時了，下個月一定給你。」

他沉下臉。「我這樣說好了，寫書的事本來就費工，我同情你，但我也要過日子啊。老婆要交代，小孩要吃飯，男人嘛，總得扛起責任顧家。不要說我無情無義，我已經等你兩年，希望你有個好的出航，可是現在連船都還沒搞好。」

「哎哎哎，這樣說好像又不對。」他抓著頭髮，沉著氣，語氣相當謹慎，深怕驚動什麼似的，緩緩吐出字句，輕拍我的肩膀。「換條路走吧。」

「可是下個月消息就出來了。」

「不行！老婆難交代，況且行李已經到了，所以現在、先、搬出去吧。」

搬家工人扛著兩箱大置物箱進來，放在客廳地板上，裡頭全是女人的衣服。

「書放哪？」年輕的工人說。

「放這就行了。」房東說。拍著置物箱。上面擺了兩本書，是D・H・勞倫斯的《查泰萊夫人的情人》和約翰・福爾斯的《法國中尉的女人》。

我相當好奇即將搬來的女人，因為透過她看的書，我就能知道她會說什麼話，談什麼戀愛，遭逢什麼樣的幸與不幸。

「新人來時，你自己看著辦吧。」房東一說完，往沙發上丟了一袋飯盒，像往常那樣抱歉地走下樓。其實他可以不用那樣做，畢竟我做的事確實很難真正混出名堂來，他對我已經愛得太寬容。

不過算了，先吃飽再說吧。

搬家工人粗聲粗氣的動作，像轟炸機飛過屋子。散落的灰塵慢慢落了下來，工人完事後離開。我吃完飯，換了一件黃色格子襯衫和帆布鞋，關上門，走下樓。

正中午，陽光刺眼，我東張西望，忽然一名女人抓住我的目光。

首先，我注意到她的紅色內衣肩帶，一端不尋常的垂落手臂，另一端則鬆開好大一截，而且後扣也鬆開了。除此之外，她的腳粗魯地跨在盆栽上，暴露出牛仔裙下的紫色蕾絲內褲，模樣極為糟糕。我吸了一口氣，小心翼翼的經過她，停下來多看兩眼。再看兩眼。確定是女人，不是女孩。

有誰會在大白天醉倒在別人樓下呢？究竟發生什麼事？這女人，恐怕昨夜發生很糟糕的事。不過哪個人的昨夜過得不糟糕呢？那樣一比較起來，這女人發生的事也沒什麼大不了。

凌亂的髮遮住臉龐，周遭散落著啤酒罐，身體率性的倒在牆角邊。我輕輕撥開她黏膩的髮，發現是個臉蛋頗有姿色的女人。但或許是化妝弄出來的形象。有點喜歡，又有點厭惡。酒臭味一直撲來，我摀住鼻子，喊了三聲，搖了五下，仍然沒有反應。

最後我將她拖到閣樓下，不理會她。像這類的女人最好別招惹，不管是失戀或自暴自棄的女人，一看就覺得太麻煩。接著我懷著忐忑不安的心情，走到電信局繳費。

8

夜打磨著街景，街正在生活，我走在上頭，什麼也捕捉不到，生活中少了很多該愛的人，少了很多該想念的人，一切變得索然無味。就連體力也變差了，不再能徹夜狂歡唱歌喝醉。想做點什麼事，但大家究竟到哪裡去呢。離開這裡，到哪裡去呢。而且想找個人來愛，但為什麼世界那麼大，人那麼多，愛一個人卻如此困難呢。

我走進便利商店，買了五十塊的關東煮和兩罐薑汁啤酒，坐在玻璃窗前，試著寫點東西，卻什麼也寫不出來，於是我開始發呆、觀察、聽廣播。

忽然一通保密號碼打過來。我接了，遲遲沒有開口說話。因為我太久沒接電話，所以忘記怎麼說話，只是等著另一頭接話，但奇怪的是，電話那頭也保持沉默。

「？？？」大概過了三十秒。

「喂。」是溫柔的聲音。有點熟悉，我還不確定是她。

「喂。」

「你在外面嗎？」

「嗯。我在超商，廣播有點吵，可以麻煩妳說大聲一點嗎？」

「最近好嗎？」她說。我很努力辨認她，但聲音小得跟貓咪似的。

「是我。」

「是我。」

「是妳？妳是……阿紫嗎？國小六年級坐在第三排第五位眼睛瞎掉的那個女孩子嗎？」我試著那樣猜。雖然過了那麼久，我還是能認出她的聲音。畢竟我從沒遇過說話會有顫抖音的女孩。

「是啊。不過現在不瞎了。動了手術，……人也變得很有精神。」她沉默了一會，又說：「好久不見，還好嗎最近？」

「這麼說挺久啊，國小畢業後就沒再見面，不過妳的聲音完全沒變……最近……還可以吧，沒發生什麼大事。對了，妳後來跟那個男孩子怎麼樣？該不會要寄紅色炸彈給我吧？」

「分開好多年了，」她說：「你消息很慢噢。」

「是啊。我不習慣聯絡，也不喜歡去同學聚會，不過兩三人的倒還行。」

火車轟隆隆駛過，另一頭傳來火車到站的廣播，聲音變得混亂。

「妳在火車站嗎？」

「是啊。正要離開這裡，到另一個地方生活。」

「我也在火車站附近，最近那間超商。」

「咦，你也在附近嗎？那試試看。」她語氣有些激動的說。

「試試看？」當時我還不曉得什麼意思，但身體不自主的開始移動。

我走出超商，繞了附近兩圈，也走到月台邊，卻沒發現她的身影。或許是太多電影情節的渲染，也或許是浪漫作祟，以為天天都有奇蹟。但沒有，她並沒有出現。當然，我們或許擦肩而過。也可能正眼對上卻沒認出彼此。總之，有太多無法湊在一起的可能，更何況這座島上有好多城市和好多車站。

「妳在哪啊？」

轟隆隆。轟隆隆。

「妳在哪呢？」我跑過月台，努力搜尋她的身影。

「喂喂喂！」

「喂喂喂！」

她似乎很用力的在另一頭說話，但聲音越來越小，整個人像被海怪拖進深海，拚命呼喊求救似的，然後是一陣咕嚕咕嚕的聲響，……嘟……嘟……嘟……手機失去訊號。

什麼？

想再打回去時，卻發現自己沒有她的電話號碼。

有很重要的事想親口告訴阿紫。

我帶著惆悵的心情，整個晚上，蹲在超商前，望著人來人往的群眾，一度害怕自己會忽然不見，誰也找不到我。

這裡是FM98.9愛聲廣播電台，以下為您插播一則報導：

由美國飛往智利的民航班機ZH-357已於昨天凌晨03:12失去聯繫，該班機乘客載有一九二名乘客以及十四名機組人員。相關單位正在全面了解情況。

酒喝到凌晨三點，暗夜的漫漫長路還有路燈相伴，我寒冷地抱緊身子回家。

酒醉女人躺在樓梯走道。我沒理她，只是走上樓。我懷疑她是不是死了，之後又退回來，摸摸她的鼻子。

呼吸和脈搏確實安穩的運作著。我大概在那張臉上待了兩分鐘。她鎖緊的眉頭和身體忽然打起的冷顫，讓人感覺似乎正在抵抗難熬的東西。

我推測她醒過，但又睡進去。後來我喊了她三聲，撥開落在她身上的塑膠袋，打開走廊燈，踏步上樓。

電風扇吹過稿紙和粉紅頑皮豹雨衣。我揉掉好多紙張，順著風的線條思考。我還沒有寫的情緒，結果一閉上眼，粉紅色頑皮豹女孩的身體馬上擠進腦袋。

我撐開眼睛，走進浴室，將頭埋進冷水，擦乾身體，走回房間。腦袋空白了一陣子。我在房間中徘徊，慢慢穿上連身帽T和三角內褲，這時候她的身體又開始包住我的身體。

我關掉電燈，掀開棉被，躺在床上，緊緊抱著加菲貓枕頭，強迫自己睡覺。

閉眼。張開眼。

房間殘留她的香味，我躲進棉被內。

半夜時分，我忽然驚醒，發現床單內外都濕了。

開門。關門。喝水。開門。關門。喝水。最後我躺在床上，聽見她的話流進空氣裡，再一次緊緊裹著我的身體。再度睜開眼時，她的髮香已經消失了，可是床上留下了她好多好多的寂寞。

9

隔天，柏林圍牆的合照寄來了。我把照片釘在牆上。

我看著柏林圍牆本身，就像看見自己。

問題依然存在。就算外在如何改變，本質上的問題依然存在。

我覺得十分沮喪，為什麼偏偏是我遇上這種問題。而且還在這種應該努力行動的年紀。空想是無用的。我知道。

空想是無用的。我知道。

我在房間中吶喊，覺得一切太困難了。

但我不得不去想，不得不去看見本質上的問題。

我好無助。沒有人可以解答我。

問題仍舊存在。

之後我決定寫信，回覆那天的事。

歷史曾經記載二戰後的德國分裂，最後得出一條結論，那就是不管往後德國的發展如何，實質上的問題還是存在，因為長久以來，兩邊已經發展出不同的文化和生活習性，就算圍牆已經倒塌，象徵了雙方的友好，但仍需要時間來磨合彼此間的差異。

有趣的是，兩方似乎對彼此又愛又恨，不僅價值觀充滿偏見，相處時也相當矛盾。譬如這項由維基百科上記錄的經典例證：

東德人認為西德人貪得無厭；西德人覺得東德人好吃懶做。

我寫完。揉掉。心想根本沒有人在乎這種事，更何況是她。沒有人在乎這種無聊的小事。

10

星期四，猴子亂發誓，這是個混亂的城市。

我順著殘障坡道，想著海尼根啤酒，以比平常快一倍的速度走進超商。一進門，我感覺今天的空調特別冷，生意比平日還清淡，就連店員也發著呆。順著廣播的節奏，我一邊接近冰箱，一邊數著口袋的零錢，計算購買的數量。魷魚絲、關東煮、大亨堡站在面前搔首弄姿，看起來迷人又可口，但現在我只想醉一夜，躺個三天三夜，就算被當成流浪漢也無所謂。

深夜十點，我一接近冰箱，故事就開始了。

有一個燙著紅頭髮，嘴邊襯著一顆痔的女人靠近我，她像極了瑪麗蓮夢露。不，應該說那樣的模版是每個時代都會出現的女人。

她身體輕飄飄的，兩顆眼睛瞪著我。

我打開冰箱門，她撥開我的手，聳聳肩，轉頭，若無其事的望向天花板。

莫名其妙。我再次打開冰箱門，這次她的身體直接靠在冰箱門上，一腳落地，另一隻腳靠在冰箱上，身體不停抖啊抖啊抖的。

她單隻站立的腳，讓我想起阿紫女孩。小時候，她左眼瞎掉，只看得見右邊的世界，或許是因為跟別人不一樣，所以她選擇待在角落，默默玩著單腳跳繩。

忽然間，一股熟識感湧上來，我好想問一問她，我們是不是見過面。

她邪邪地一笑，我回過神來，瞪著她。她白了我一眼。又白了我一眼。我決定再次打開冰箱門，但這次她用力打掉我的手。我不服，再次伸手打開冰箱門，可是她竟然抓住我的手，反咬了一口。我痛得大叫，一瞬間清醒過來。

原來她不是我記憶中的阿紫女孩，只是這世界上眾多瑪麗蓮夢露型的其中一位女人，很快就忘掉的那種。

「看！看！看！」她說。那顆眼睛相當迷濛，似乎把心藏在很深的地方。

「妳！神經病！」

勢態不對，我收手離開，正要轉身，她整個人忽然軟了下去，往我的身上倒。這種時刻，我竟然想起瑞蒙・錢德勒的《大眠》第一章。

「喂！」妳是金髮女郎。妳又往我身上倒。可惜我不是私家偵探啊。

我沒有接住她，輕飄飄的身體直接倒向地面。就要倒下之際，一雙手突然出現。是英雄。是超人。是墨鏡男。她依偎在他的胸懷內。墨鏡男不苟言笑，穿著筆挺的西裝，打著黑色領帶，無名指戴著婚戒。這時我才發現她也戴著婚戒。我有預感惹上不好的事，於是快速打開冰箱，取出三罐啤酒，走到櫃台結帳。
突然間，墨鏡男一手拉住我的衣領。我不停往後退。再倒退。所有人開始轉過來看我。
「幹什麼！幹什麼！」我大叫。
「我去你媽的！」他給了我一拳。
鼻血瞬間大量噴出。我自認倒楣，看見他抱著她離開。那畫面就像阿諾史瓦辛格在電影中拯救世界，贏得美人歸的結局。
啤酒喝了很多，也有很多脾氣，我坐在超商角落，用衛生紙止著鼻血，一邊寫著顧客投訴單。一切太沒天理。
我往窗外看，廣告看板寫著：這個世界依然美好。
背景是一張小女孩的笑容，彷彿只要笑一笑，事情就會好轉。在女孩左邊圓圓大大的眼珠中，不曉得被誰寫上Fuck四個英文字。
荒謬極了。
鼻血停止後，我走回家，越過躺在我家樓下的酒醉女人，一躺在床上便呼呼大睡。
可能是被揍一頓的關係，今晚特別好睡。

11

第一次見到新房客是在兩個禮拜後，她穿著我收在衣櫥櫃內的藍色襯衫和褐色格子內褲。她說她叫麗莎，隨便怎麼叫都好，反正下次見面可能叫艾咪。我不管她的名字或過去，反正進得來我內心的人，她會有一個我專屬的暱稱。

今天我叫她新房客，後天稱她為舊房客，或許沒多久再也不是房客。

她沒問我是誰。從開始到結束，她根本不在乎我是誰。即便後來我搬到客廳的沙發上，她也從未過問。她似乎是個不大關心周遭的女人。

現在她開始說話。她說，那些衣服不是她的，行李寄丟了，書也不是她的，所以只好穿我的衣服。我看著她，覺得好像在哪見過似的。「這明明是妳的尺寸、妳的風格、妳的衣服，為什麼偏偏要說謊呢？」

我打開置物箱，一一確認，對著自己說。

沒人理我，我把置物箱推到角落，重新打掃屋子。

我把基地轉向客廳沙發，幸好她沒有趕走我，似乎蠻不在乎的樣子。

每天的日子不斷重複，她開門，下樓，又上樓，關門。

我不停敲著字，但進度遲遲難以推展，因為值得寫的東西總是那麼少。

一天傍晚，我坐在沙發上敲著鍵盤，忽然碰的一個爆炸聲，黑煙瀰漫整間屋子。我快速的打開門窗，看見她攤攤手，放棄似的走出來。

「忙一整個下午，沒搞頭了。」

「沒辦法，總得吃嘛。十年前大家都說我愛你，現在大家只愛問你吃什麼。吃什麼啊，是個大學問。欸，妳還煮菜嗎？」

「不煮了。你呢，吃了嗎？」

「減肥囉。」

「男人還減肥？」

「瘦一點討人喜歡嘛，大家都不是唐朝人呀。」

「我請客，陪我吃海鮮。」

「妳請客當然好啊。」

下樓梯時，我特別觀察她走過酒醉女人時的表情，但她只是走過去。接著，我叫住她。

「怎麼了？」

「妳沒看見嗎？」

「看見什麼？」

我背脊瞬間發麻，開始吹口哨，試著讓自己放鬆。倩女幽魂的故事打入我的腦袋。

一路上，她異常的安靜，臉漲滿情緒。我們有一搭沒一搭的說話，越過三條街，繞過海產店，最後決定吃居酒屋。

其實她曾經在隔壁的海產店前徘徊，探頭想要打聽消息卻退縮了。那時我一邊吹著口哨，一邊驚訝著時代的進步。我看著「阿榮海產店」的招牌鑲嵌著彩色的ＬＥＤ燈光，而「無餘居酒屋」的招牌則伴以溫暖的黃燈及潦草的墨筆字，再看過去則是各種字型和花色燈光的招牌。當然也有跑馬燈。

她還是進去了。出來時，花容失色，腳步走得很急。

「走吧。到居酒屋。」

「事情辦完了嗎？」

她沒回話，掀開布簾，走進居酒屋。

我們坐在吧台上點了麥酒、毛豆、干貝、炸豆腐、秋刀魚、鹽烤雞翅、金針豬串、蔥雞串、黑輪片。我保持沉默，試著陪伴那樣的心情，可是她卻變得異常開朗和熱情。

「那邊桌子第二位，短頭髮的女人喜歡嗎？」她忽然親近我。

「不知道。」我低頭開始吃毛豆。

「還是比較在意男人呢？」

「女人！」
「那麼左邊倒數第五位，瘦得風吹就飛走那位。」
「我喜歡穩一點的女人，不太瘦的那種，而且最好脖子像妳一樣漂亮。」
她若有所思的往門口望去，臉忽然沉下去，起身走進廁所。她側過我，像風一般撩起我的心。我確定了。她確實有事，為著情或愛，什麼都有可能。
我往門口看去，但一個人也沒有。
回來時，她重新掛上笑容，喝了兩大口麥酒，臉色變得紅潤。
「我先回家。」我起身離開。
「為什麼？才七點啊。況且肉還沒送來，我們來吃飯，不是嗎？」
「妳今天的心情不美麗，而且還隨便找了一個完全不知道背景的男人吃飯。我們待會除了吃飯外，還會一起喝麥酒，結束後得同住一間屋子。妳一點警覺性都沒有，難道不擔心嗎？起碼對雙方有個粗略的認識啊，好比說，職業啊，興趣啊，我是誰諸如此類的。」
一說完，她吐了一口氣。
「知道那種東西，不如喝酒。」
我喝了一口麥酒，吃著炸豆腐。
兩人沉默了一會，她的眼神再次越過我的頭，朝門口發呆。

無所謂。我無所謂。反正只是來吃頓飯。

突然間，她意識到什麼，眼神轉回來，又喝了一口麥酒，往肚子狠狠地吞進去。

「有句話叫一見傾心，你聽過沒？」

「浪漫愛情片噢。」

「在廣大的宇宙中，兩個人恰巧落在同一顆星球，同一座城市，而且相約在同一個時間，彼此的眼睛對上眼睛。依約前來的當下，心就被對方深深地吸引，不管身分或地位，只要這個人出現，你就是會產生混亂，一下子變得瘋狂。」

「命定似的相遇。」我沉默了一下。想起多年前也有人向我討論過這個問題，不過他已經消失在風中。

「那幾乎是第一眼就決定一切。」她說：「往後的每一次，你只是在人海中尋找相似的影子，而且你會發現自己依然重複同樣的問題。」

「聽起來挺糟糕噢。」

「好像每經歷一次，自己就更少一點，甚至越來越不清楚自己真正需要什麼。」

我夾了一塊魚肉，丟進她的盤子。「這樣子是不行的。」

「沒錯，」她嘆了一口氣。「兩個人相處光憑第一眼是不夠的，即使後來靠在一起，往後還有千千萬萬個問題。」

「不過大家心甘情願啊。」
「這就是矛盾的地方。」
我咬了一塊蔥雞串，忽然一件嚴重的事情發生了。
我猛烈咳嗽。一直咳。一直咳。
「什麼？」
我的心臟猛烈跳動，呼吸越來越急促。
「我聞不到任何味道。」
「味道？什麼味道？」
「所有味道。」

12

第一次喪失味道是媽媽生病過世後的半年，那時我處在不得不讀書的年代。那時候的我，什麼事都改變不了。媽媽生病會死的事。討厭學校的事。還有自己害怕孤獨而決定倚賴大眾的事。這一切的一切，我都不敢告訴別人。

直到現在，我仍記得她總是握著我的手，眼睛呆愣的望著天花板，似乎在探問和困惑生命的什麼。那種每天等待死亡的心情，曾經一度讓人相當憤怒和無助。而她總在好長一段時間後，才轉過臉龐來看我，一直斷斷續續的說話。

「你……你……未來填什麼志願呢？」

「還不曉得。」

「要……做大……事。」她說：「做大事……該填……什麼……志願呢？」

「不知道。」

「這樣啊。那麼……」她說：「照片，擦著……口紅的……照片。要用……那張。在書……書房……的抽……抽屜。一定要……漂亮。那……張很漂……亮。人活著如果不能漂亮，說什麼也沒用。」她劇烈的咳嗽。

「要不要喝水？」

她一直咳嗽。「四……四十九……年……我……自己……做了什麼？」

「……」我倒了杯水給她。

她微張嘴唇，咕嚕咕嚕地吞進喉嚨，好像連喝水也疼痛。我不曉得喝水也會疼痛是什麼感覺，不過我聽說，有人呼吸也會痛，不知道兩者是不是相通。

「你……想做什麼大事呢？」

「是站……在上面……的那種，還……是待在……下面的那種。」

「還不曉得。」

「是、是嗎？」她的手往空中一伸，眼眶轉著淚水，無奈地嘆了一口氣。「總之，……要…活得漂亮，而且你啊……從小就是這樣……如果……無法忍受一直坐在冷板凳的話……那一定要……想……辦法讓大家拱你上台。」

媽媽說完後，七個小時就離開了。那些話幾乎變成詛咒，因為後來我遇到的人生難題根本不是被拱上台就可以解決的，也不是那種像籃球隊可以在同儕間風光的事，我面對的是必須一直忍受坐在冷板凳。

忍受寒冷這件事。

13

星期五，猴子玩鸚鵡，咬屁股。

前前後後大概跑了二十幾間商家，但不管是便利商店、酒吧、居酒屋、大賣場、菸酒店，在一個禮拜間，我喜歡的啤酒品牌全被人一掃而空。啤酒像是被誰故意買走似的。

「怎麼回事？」我拍桌。「一罐都沒有！」

「沒辦法，不賣不行啊。」店員一邊說，一邊打著蒼蠅。「好幾個人像你這樣跑來生氣啦。昨天也有黑道來攪局，畢竟人家做那種生意，沒酒不行啊。可是沒辦法，賣光就是賣光了，再怎麼說也生不出來。」

「是誰！是誰買走！」

「天機不可洩漏，說出來自找麻煩嘛。」店員說：「還有水果口味的酒精飲料，喝別的也行啊，柳橙汁、牛奶、礦泉水……多喝水健康。喝多一點水，晚上也好睡覺。」

「太過分了！」

「太過分了！」

店員見我不走，也開始講話大聲。

「喂！」他連說了三次。

「做什麼？」我有些驚訝。

「看你就知道！」他指著我。「一定會酒精中毒。」

「我去你媽的！」

他突然生氣。「去去去！走走走！再不走叫警察了！」

走出商店，一台哈雷機車停在門口。我覺得有些熟悉，開始蹲在路邊想事情。忽然間，輪廓慢慢地描繪出來。是了，這台哈雷機車總在我買啤酒時出現，或許就是這傢伙買走我喜歡的啤酒。

五分鐘後，上次那位墨鏡男走出來，開始指揮五台廂型車，紅色、綠色、藍色、黑色、白色，這些廂型車從街的左邊開過來停在門口前。

車窗緩緩降下，說了什麼沒聽見，墨鏡男朝裡面點頭。

車窗緩緩升上。門開了。幾乎是同時的。一批批穿著綠色軍裝的阿兵哥下車，齊步走進商店，扛著一箱一箱的啤酒出來。我眼睛瞪得好大。

不可思議。這種事怎麼會發生在現實生活中呢，而且就發生在我面前。

「喂喂喂！」我大喊。

「太不通人情了吧。我喜歡的啤酒全變成你的，別人的煩惱不是煩惱！別人的苦悶不是苦悶！沒有啤酒的日子，誰活得下去啊！」

墨鏡男轉過身，朝我走來，這時我開始緊張。我一直退後，深怕他像上次那樣揍我。他一步步逼近，魁梧的身材壓迫我，一把抓住我的手。我嚇住。他取下墨鏡。

「拜託，」他露出長長的睫毛，眼眶泛紅。「我很抱歉……我想娶她。」

他鬆開我。「我沒有別的方法了。」

「請你諒解。」

一說完，他重新戴上墨鏡，我那背後千萬種情緒隨著他突如其來的告解而順服下去。剛剛他抓緊我的手，就像是他渴望緊緊握住愛情和永恆似的。

我一句話也沒說。兩個人像忽然懂得彼此，一瞬間敵意轉為友誼，之後他跨坐哈雷機車，就那樣帶走我的心靈解藥。

這一切來得莫名其妙，我想破頭也不懂。

14

一但活著，人就得不停想事情，就算是裝作在想事情也好。

半夜，我透過熟人的交情，走進無人的圖書館放映室，播放庫斯杜力卡的《Black Cat, White Cat》，然後關進故事中。

電影上映到一半後，我肚子突然好餓，那股飢餓感從體內深處的靈魂發出，彷彿不再多做些什麼，心就會被吞掉。

我看著電影，發現荒誕的人物主角是自己才對。我才是荒誕排行榜的冠軍。口袋掏出來只剩下可憐的紙屑。紙屑就那樣緩緩飄落下去。好荒唐。身上沒有零錢，但肚子餓得不得了，一下子我的心情跌到谷底。

取出ＤＶＤ，關門關燈，我跟夢幻放映室道別。

是了啊，沒辦法啊。我得解決生存問題。

我低頭緊抱珍藏版電影ＤＶＤ，心想沒辦法，只好暫時這樣。

一但活著，人就得不停吃東西，就算是八十歲的老頭也得吃。

我走到街口的電影院，停在一張老舊的摩登時代電影海報旁邊，敲了三下。

像往常般，海報的人物從裡頭走出來，每次我都覺得不可思議。

此刻，卓別林站在我面前。

「回心轉意了嗎？」

「ＤＶＤ賣你，錢拿來。」

「哈哈哈哈哈哈哈哈哈哈哈哈哈。」他那樣一直笑，我卻無法反駁。

他數著鈔票，隨手給了我幾張，敲了敲我的頭。

「心情又不愉快了啊。跟我來。」

我跟著他走到大街上。街上冷清無人。

卓別林脫下禮帽，打開垃圾桶，取出拐杖，指向電影院招牌。像變魔術般，他在空中旋轉，一瞬間那個年代的鬼影和那個年代的觀眾出現在眼前，場面變得相當熱鬧。

所有人興奮的走進電影院，搶著看彩色版的摩登時代。我的心情一度也開朗起來，以為接下來他要開始表演默劇，但這次他的臉卻拉下來，一副心事重重的樣子。

「你看起來不大好。」

「是的。我總在想這是很公平的。我已經當了一世紀的喜劇演員，整整一世紀啊。現在輪到我了，哀傷找上我了。我什麼也沒做，它卻來了。」

「我不懂。」

「告訴你吧孩子，那些我愛過的電影，以及現在還熱愛的電影，實際上少得可憐。什麼是真正值得留下來的東西呢？時代變了，大家不再看默劇，不再記得傳奇，遲早這一切都會被遺忘。好大的悲哀啊。」

一說完，他在我手上放了一枚十元紀念金幣。

那金幣沉沉地，能讓自己感覺到重要。

「嗯？」

「收下來。」他勉強笑開來。

忽然間，我好希望成為那個年代的觀眾，坐在台下為他鼓掌。

他嘆一口氣，看著熱鬧的街景，輕輕顫抖說話。

「一輩子太短太短。」他說。

那眼神蘊藏著一股熱情，我永遠忘不了那個畫面。

15

做了夢，愛過三個女人，進行一百四十三場約會，送過二十一份禮物，打過一千九百八十通電話，醒來時全部消失不見。

中午，我喝了好多水，走進浴室刷牙、刮鬍子、照鏡子。想著自己必須握緊把手，開始飆車，專注衝向終點。就像越野賽車手以低伏的姿態，通過彎曲的跑道，忽略周遭的觀眾般。

傍晚，我打開越野賽車節目，開始練習姿態，引擎聲轟轟轟的跑過我的腦袋，結果整整一天，不管是寫作、上廁所、吃飯、走來走去，通通都趕不走那聲音。

突然插播一則新聞，美麗女主播開始說話：

班機ZH-357失蹤至今已經兩個禮拜，現在我們又有最新消息。

根據相關單位聲明，就在昨天半夜，搜尋小組已在北太平洋二三四公里處發現可疑的物體。

經過證實，確定是班機ZH-357，機上乘客確定為十七人。

但由於相關人員態度保留，我們暫時無法得知乘客的消息。

引擎聲轟轟轟的壓過我腦袋，故事的情節不斷跳出，我已經控制不住。一陣強烈的敲門聲撞進來，像要掐上我脖子似的。我起身，打開門。

俐落的短髮、牛仔褲配黑色Polo衫、平袒胸形、一副玩世不恭的模樣，這人給我的第一印象是精緻白淨，誰都喜歡這種美好。但這個人似乎有些驚訝，只是久久地保持沉默，接著才微微張開口。有點酷，我猜。

「有事嗎？」

「她在嗎？」

「她不在。」

「沒騙人？」

「漂亮的女人才騙人。」我試著開玩笑，但對方沒有笑。

酷小子頭也不回的轉身下樓。看著那張背景，不知道為什麼，我有一股直覺，這個人就是那天讓她心不在焉的人。

我匆匆的跑下樓，但人已經消失不見。

回頭上樓。酒醉女人仍然倒在樓梯邊。我覺得她實在誇張，想叫她起來收地租費和清潔費。但沒用，她拚命的睡著。之後，我撿起她身上的報紙和塑膠袋，卻發現她的身上竟然長著白色的孢子。太驚人了。

視而不見。不想管。拒絕當英雄救美的超人。

我拍拍屁股，哼著生日快樂歌的旋律，走上樓。

今天的片單是《法國中尉的女人》。

晚上八點，她像法國中尉的女人那樣包著頭，從紛亂無比的世界走進來時，我一度像影片中的男主角那般對她動心。那張臉龐是我好喜歡的臉。那鎖骨是我夢寐以求的線條。我喜歡的只是她的美貌。我像所有人一樣淺薄。

她拎著兩個便當，我們一邊吃便當一邊隨便說話。今天我的情緒有些激動。

「為什麼喜歡鎖骨？挺奇怪的。」她聽完後這樣反應。

「人各有所好啊。青菜愛青菜。番茄不愛青菜嘛。」

「上次你說聞不到味道，現在情況有好轉嗎？」

「沒有。不管做什麼吃什麼都一樣，通通捕捉不到空氣的味道，而且……」

「什麼？」

「想聽真話嗎？」

「廢話。」她打了我一下。

「我什麼都寫不出來。」

她歪著頭。「為什麼寫不出來？有什麼問題嗎？」

「嗯，很大的問題。是關於人生的事，一想到就沒辦法寫。」

「舉個例子好嗎？」她吞下一口飯。

「……大家贏了比賽，找到他們要的地方，也建造了城堡。晚上時，他們在站滿守衛的花園中跳舞，吃著香蕉派，喝了好多啤酒，一天天又一天天的度過日子。」

「有意思。人生勝利組噢。」

「還有另一種噢。他們怎麼樣都贏不了比賽，找不到他們要的地方，只能建造爛爛的草屋，而且大家都不想待在裡頭。白天時，他們爬上別人的城堡，吃著蘿蔔，喝著空氣，偶爾還要小心強風來襲。一輩子平凡度過，什麼事都沒做。」

「為什麼是蘿蔔？」

「因為吃蘿蔔的人感覺很善良呀。」

「所以這就是你的問題？」

「嗯。」我抓緊筆桿，深深吐一口氣。「是很深的問題，很嚴重的問題，懂嗎？」

她沒反應，隨便吃了兩口飯，眼珠在眼內流轉，往上移了兩下，然後往下感覺情緒。

似乎相當認真思考我的話。我有些感動。

「如果是我，我就不想這些問題。只是寫，直到有一天不能再寫。」

「我也想過那種事，但問題還是沒有解決。」我搓搓濕手心，有些緊張。但究竟我在緊張什麼呢？是她令我激動的外貌，還是吸引我的鎖骨線條？

我試著鎮靜下來，仔細掃描她的臉。鵝蛋臉，高額頭，五官具備精緻度與立體感，算得上明星潛質。但相處下來，她的生活似乎相當孤獨辛勞。

曾經問過她，她是異鄉人，獨自搬到此地生活，一個人也不認識。

正因為這份背景，我有些疼惜她。

「問題在哪裡？」她皺眉。

「時間。」我說：「一百年啊。一百年。一百年懂嗎？一百年後，這些我再也看不見。這座島。島上的電影。島上的音樂。島上的明星。島上的空氣。島上的風景。島上的美食。島上的藝術。島上愛的人。島上在乎我的人。」

她想了一下，又說：「能不能被時代記錄下來，相當重要嗎？」

「不，」我說：「不想要這些啊。」

我嘆了一口氣，緊盯她的眼說話。「這就是問題所在。」

「哪來這麼多問題？」她說：「上個世紀沒解決的問題，這個世紀也解決不了。」

「聰明。」我頻頻點頭。「天才。」

「這是很聰明的回答。不過說不通啊。」我又說。

她喝了飲料。現在我開始吃便當，大口大口的吃，一次塞滿我的胃，希望問題也跟著吞進肚子裡，然後再拉出來，沖進馬桶。

但那只是妄想，問題依然存在。我必須正視它。

「所以努力活著，努力工作，享受人生，不是很好嗎？」

「還有空間的問題。」我撐著頭說：「假設我們生活在火星上，根本不用追夢或賺錢，只要努力製造氧氣，什麼也不必想。」

我喝一口水，認真的看著她，隨口提了一句話。她有點生氣，馬上站起來，走進房間。

「怎麼樣？」我大喊。

屋子一片寧靜，心裡的小蟲子開始亂竄。

「生活已經夠煩人了，別說這種無聊的鬼話！」她忽然大吼。

我記得故事中有一句話是這樣的：

在完美的伊甸園裡，大家只是待著，沒有痛苦和煩惱。

16

黑暗裡兩個東西一邊說話，一邊走過漆黑的通道。

不，這樣好了，走過一條打著照明燈的隧道。那究竟是什麼隧道，通往何處或者從哪個地方進入，實際上沒有人知道。

透過微微的燈光，兩張臉還是看不見。

這個世界二十四小時都戴著氧氣罩生存的生物難道不罕見嗎？

這是沒有身分證卻活在地球上的罕見物種。是外星人嗎？這點，沒有人知道。

開頭總是假裝咳嗽，第一句話肯定是驚心動魄，否則沒有說的必要。

咳咳。睜開眼睛。

「嗯……那麼偷到了吧。」

「全部的……活口。一個都不差。」

「接下來呢，照行規走總可以吧，這次他們沒輸了啊。下流的美軍和卑鄙的俄國這次說不定會被揭發噢。到時候我們會紅遍一時。」

「一時，那有多久呢？」

「五百萬年好了，你覺得怎麼樣？」

「沒差啊。」

「看那邊。有光噢。光裡的人又在吵架了。」

電視畫面出來了。每天都有人在說話，每天都有人在爭吵。關掉靜音，那些臉還是相當猙獰，像在表達同一件事，彷彿只能無聊的活著。

噓！小聲點。

「看見了嗎？」

「什麼也看不見。」

「用心看。心在哪裡呢？」

「心在左邊胸口處。」

「是了啊。沒辦法啊他們……」

「不說揍你！」

咳咳。咳咳。咳咳。故作鎮靜，表現嚴肅，說話既幽默又諷刺。

「就是這樣啊。開車的地球人太急，什麼也不在乎，只在意後方的貨物，也不管旁邊的風景，只是一直往前開，沒人想停下來。

畢竟地球人對於活著這件事相當敷衍嘛，而且誰忽然不見或者誰不小心留在荒野小屋，也沒人在意啊。
地球人只在乎自己。
地球人只在乎自己。
不在乎別的什麼事啊。」

17

烏雲密布天空，我聞不到雨氣的味道。

聞不到發霉的味道。

也聞不到酸酸甜甜的味道。

周遭的一切像白開水般透明，全部的事物寫起來毫無味道。不值得寫。

風挑逗烏雲，雨緩緩飄下來。

我穿著短褲，雙腳寒冷，一路沿著防波堤走到盡頭，看見海浪越盪越高。

《法國中尉的情人》內的男人女人沒有出現，反倒是一塊巨大的什麼吸引我。

那說不上巨大，但以精神來論，簡直無比巨大。

就在一塊愁雲慘霧的背景中，一塊漂流木從波濤洶湧的海面激盪出來，一路勇敢地浪蕩到前方的海灘上。

我第一眼就愛上那塊漂流木，於是冒著風雨，打著赤腳，跳下防波堤。

過程中，我聽見一個人在後方叫我。

不，兩個人，三個人齊聲叫我。

那些聲音發出警告意味，強力的阻止我。

太危險了。

前方的海水氣勢洶洶，激起了我的挑戰慾。

我的身上充滿著勇氣。

我開始使勁吃奶的力量。

雙手緊緊地握住漂流木。

將漂流木拖到安全的防波堤上。

漂流木的外觀雖然看起來殘破不堪，但依然堅實的存在著，充滿著勇氣的力量。

我坐在地上，望著這塊擁著殘缺美的漂流木，好像看見了自己，心中湧起好大的感動，彷彿過去遭遇的一切失敗、悔恨、受傷以及傷人的，在這一瞬間被寬慰了。

是了，我不要現實。

我所需要的是超越現實而存在生命中的形象。

因為生活，我幾乎失去勇氣。

之後，我花了三個深夜敲敲打打，加工成自己要的模樣。

上午雨沒來，晚上又來了。

雨聲啪噠啪噠。

啪噠啪噠。

啪噠啪噠。

雨勢逐漸增強。

日光燈忽明忽滅，再一聲響雷，整座城市瞬間暗淡下來。

屋內的照明燈開始發出強烈的光。

我舉著照明燈，搬出客廳的急難箱，取出蠟燭，點上火，關掉照明燈，什麼也不管，直接坐進漂流木，假想自己是魯賓遜，準備上演漂流記。

回來時，她見到這個景象嚇了一大跳。她把便當放在桌上。

「謝謝。我的便當。」我放下稿紙。打開便當。是我愛的炸雞腿便當。

「誰會躺在這種看起來像棺材的地方做事。」她斥怒。

「有這號人物。」

「騙人。」

「席特威。不知道哪國人。」我聳聳肩，把雞腿肉吞進去。

「太病態了。」

「不製造點新鮮感，一切看上去太沉悶了。是不是啊？雞腿小姐。」

「為什麼雞腿是小姐？變態！」
「所謂的食物慰藉。」
「今天怎麼樣？」
「還在試。」
「隨便寫點什麼都好。」
「已經很隨便了。」
她在屋內走來走去，開始擔心，她總是對小事特別擔心，大事則一句話也不說。
「幹嘛？」
「萬一照明燈沒電，蠟燭燒光，雨也下不停，該怎麼辦呢？」
「P——R——A——Y」

深夜，沒有電，我又想起那個女人。
穿粉紅色頑皮豹雨衣的女人。
其實與她交往的日子中，我比誰都用心聽進她的話。
但不曉得為什麼，兩個人中間總是有一堵牆擋著。
剛交往的六個月內，彼此還會努力的攀上圍牆頂端，跳下來找對方。

但不曉得從何時開始，所有的事情都變了。
我不再努力往上攀爬，她也不大聲呼喚我。
久而久之，我們待在牆的兩端，再也不說話了。
每次只要她一哭泣，我只能擁著她度過黑暗。
一點辦法也沒有。

18

整個夏天，颱風來過三次，造成島嶼嚴重的災害。

我記得第一個颱風叫做「娜塔利」。

傍晚，我穿著粉紅色頑皮豹雨衣，擋著風雨，走到便利商店。

店內淹滿了水，員工們正在搶救洋芋片和瓜子包。

「請問手電筒在哪裡呢？」我大喊。風雨交加，店內吵得不得了。

「還有電池嗎？」

店員隨意揮揮手，忙著打包商品。

我順著手指的方向前去。突然一名穿著短牛仔褲的女人擋在我面前。我側過身，走了另一條路，找到手電筒。這時，她又搶在我前面結帳。

我沒關係。對我而言，時間要多少有多少，失意的創作人總是這樣。不過，她的購物籃也太誇張了。我細數了她買下的啤酒，竟然有三十八罐。

「小姐，店內的啤酒全被你們搜刮走了噢。」

女人皺了眉頭。「不行嗎？」

「就像抽菸一樣，要注意身體健康，妳看上面寫的。」店員指了指牆上的廣告標語：請勿飲酒過量。

「請勿飲酒過量。」店員說。

「況且，哪有人一次喝三十八罐啤酒呢。」

「臉總是有點腫吧。」

結帳時，她露出手，一顆斗大的婚戒亮在我面前。一瞬間，我恍然大悟，原來她換了髮型，已經擺脫瑪麗蓮夢露的形象，這次是日本妹妹頭的髮型。

女人默默不語，一副漫不經心的樣子。她隨手將發票投入愛心捐款箱，提著三十八罐啤酒，走向外頭。

「已經告訴她，愛心捐款箱是放零錢的，不是發票呀！」

這時，女人再次跑回來。我開始對這個女人產生好奇。

淋過雨的她看起來跟剛剛又不一樣了。她的形象應該要叫K咪將而不是瑪麗蓮夢露。

我的目光在她身上停留五秒。她發現這股騷動，轉身側過我。

「聊一聊。」一說完，她走向門口。

「啊？」

「陪我喝酒。」

「還喝？不流行喝酒了，現在流行吃雨！」
她咯咯咯的笑三聲。「吃雨？」
「嗯啊。把一整個夏天的雨吃光，妳猜發生什麼事呢？」
「乾旱？缺水？」
「不，」我說：「那個時候，鱷魚的眼淚將會淹滿整座城市。」
「為什麼？我不懂。鱷魚的眼淚？這是種象徵嗎？」
「妳說呢？」我繼續說：「大家要悲傷可以，但其實只有一件事值得悲傷。」
「什麼事？」
「沒什麼事。」
她沉默了一會，眼睛定定的往前方看，認真的說：「總之，不知道為什麼很悲傷。有一種困在這裡，不知道該到哪，走到哪，甚至走了很久，仍然待在原地的錯覺。」
「不是錯覺，我也常常有這樣的感覺。」說實話，從側面看過去，她的顴骨非常飽滿，長睫毛在空氣間擺動，相當討人喜愛。
「是嗎？我以為只有自己這樣，所以到處搶啤酒。現在我分一點點給你，好嗎？」
「好啊。」我接過，打開啤酒，喝了一口。那感覺與平時喝的啤酒不同，體內的深處正輕輕撼動著。我難以解釋。

「你喜歡我嗎？第一眼。」她轉過來看我。
「這張臉，這種溫柔語調以及真心待我的程度，基本上不討厭呀。」
她別過臉。「可是我討厭你。」
我倒抽一口氣。並不是字面上的意義令人震驚，而是她的語氣讓我想起一個人。
「我討厭你擅自跟我說話，也討厭你陪我喝酒。」
我覺得莫名其妙，本來想離開，卻留下了。
我一口啤酒。
她一口啤酒。
有許多情緒在雨中發酵，好長一段時間，我們不再說話。
雨漸漸變大。牆上的指針停在昨夜的四點二十五分。
車燈掃過我們。
店員瞥過一眼離開。
這一切好落寞，好冷清，腳底好冷，心也好冷。
不曉得過了多久，她朝垃圾桶丟啤酒罐。
吭的一聲，掉出外頭。
我以為事情就這麼落下來，但她離開前，頭轉過來，微笑的對著我。

「欸，說不定我們很像噢。」

我愣了一下，又說：「是嗎？」

「嗯。不過也可能是第一次見面的錯覺，想知道的話，得再見兩次面。」

「噢？妳在邀請我嗎？」

「宇宙那麼大，時間那麼短，不積極一點，最後什麼都會錯過。」

我聳聳肩。沒有答應也沒有拒絕。之後我借給她粉紅色頑皮豹雨衣。

回家時，我的腦袋還恍恍惚惚，後來發現自己忘記帶走放在牆邊的手電筒與電池，於是再次跑回便利商店。

在那之間，我試著感受雨氣，但鼻子依然聞不到任何味道。

第二次回到便利商店，我遇見墨鏡男。他的模樣相當頹廢，左晃又晃，像在尋找什麼似的。我不急著回家，覺得既將展開事情。這是一種直覺。

我站在牆邊發呆，靜靜看著大雨降下，看著來來去去的人們。

墨鏡男此時靠近我，起初他不大講話，只是木然一張臉。他的手裡捧著一束新鮮的玫瑰花，身形顯得十分憔悴。我望著他的臉，看不見他的眼神，但從臉上緊繃的肌肉線條，感覺得出他似乎正經歷一段難熬的時期。

「我什麼都做了。」

我轉過頭看他一眼。

「我真的什麼都做了。」

我再轉過頭看他一眼，確定他是跟我說話。我還不知道該回答什麼。這個人，他揍過我，買走島嶼的啤酒，現在還想偷走全世界的疼惜。

「所有的事都做了，」他說，一邊啜著鼻音。「滿足她的無理取鬧，照顧她的混亂生活，陪她相信她會好起來……」突然他兩行淚水直直地流下來。

我的內心有些激動，但也只是假裝鎮靜，聽他說話。

「可是她最後竟然不要了。」

「我到底……應該……怎麼做才好呢……」

墨鏡男將手上的玫瑰花束輕輕放手。花就那樣掉落在地。

對我來說，那只是一把普通的玫瑰花，但對他而言，那是一把扎人的玫瑰花。鮮紅的花瓣散落在地，香味混著泥土的氣息，空氣間一團混亂。

「她總是忽然消失，找到她的時候，她就在某個街口發呆，有時紅著眼，有時擤著鼻涕，抬頭不曉得在看什麼。

好像是在看月亮，但是天空沒有月亮。

我想是星星嗎？但是城市沒有星星啊。
於是我跟著她的視線往那頭看。
努力的看。
仔細的看。
想著究竟是什麼讓她這麼著迷。
那麼困惑。
但到頭來，我完全搞不懂頭緒。每一次，我陪在她身邊，她一句也不說。就算說話了，我也總是錯誤，惹她生氣，結果兩個人乾脆不說話了。」
「……」
「……」
「……」
「我不懂她為什麼拋下我，習慣一個人在黑暗的街頭漫步。」
「她好像什麼都不怕，什麼都不在乎，誰也不在乎，常常那樣悲哀……實在只能用悲哀兩個字形容。我渴望靠近她一點點，再懂她一點點，可是我……我好像……是空白的。」
「……」

「……」

「對她而言，」他說：「我是空白的。」

「我願意陪她啊。」他語氣掙扎又痛苦，聽得見裡頭撕裂的東西。

好長一段時間，他不再說話。嘩啦啦的雨聲淹沒一切。

然後他挺起魁梧的身子，高大的站了起來。有一度，我以為他要跨步前行，但他只是低下頭，撿起那束玫瑰花，捧在手上，然後用盡最後力氣，走進雨中，假裝沒發生任何事，假裝沒說出任何話。

「誰愛誰，誰倒楣！」他在雨中大吼。

「……」

我搓搓手掌，呼了一口氣，感受到心正在發疼。

那樣的故事確實動容，可是不知道為什麼，最近大家都喜歡用淋雨來表達逞強。

呿！我踢一下鐵鋁罐。

走進商店，我買了一箱黃色雨衣，穿上其中一件雨衣，帶走手電筒與電池，離開難堪的現場。

我跑進雨中。我上樓。又稍微下樓。看見她。不想理她。最後還是理她了。

酒醉女人是幻夢般的存在，一直引起我的好奇心。我想幫她一把，卻又覺得靜靜的等待，或許會發展出難以預料的局面。

我是一個她一眼也不看的人，相處的每一分每一秒她只是閉著眼，溺在她的醉夢中。又或者，她只是剛好需要一個人待著，不要任何打擾。我不知道。我常常不想太清楚狀況。

總歸一句，她心裡還有人。看或不看我，反正我沒差。

接著，我在她身後看見一個深黃色的亮質皮包。

我移動她的身體，取出皮包。奇怪。第一次明明沒看見她身上有皮包。我相當納悶。仔細一看，她身上原本的菌絲體已經漸漸長成大香菇。我沒想採收。尤其是從這女人身上長出來的菇。

幾乎是靈光一閃，回憶湧上心頭，我想起夏日泰國女孩，摸摸鼻子，把箱子內所有的黃色雨衣倒在她身上，拍拍屁股上樓。

這一次夠義氣了吧，我想。

19

是深黃色亮質皮包。

打開。不打開。我在心裡反覆盤算。

好吧。開。

別再讓我說一次。拿酒醉女人的皮包並非自己缺錢，想占別人的便宜。因為再怎麼說，一個女人的皮包晾在外頭實在危險，更何況她現在的狀況需要有個人幫忙。

打開之後毫無意外，唇蜜、化妝盒、髮夾、鏡子、梳子、口紅、證件皮夾。

我翻出證件皮夾，那之間我猶豫了三秒，因為一但打開，我就知道關於她的訊息。一但知道她的訊息，腦海就會開始組合各種想像，我就得花費時間處理她的訊息。

不打開還好，一打開思緒更亂。身分證上的名字是亂碼，居住地是數字，身分證字號是條碼，出生年月日是古羅馬符號。

我深吸一口氣，默默放回證件。

但在此時，門突然破開，我嚇了一跳。上次那位酷小子站在門口，充滿怒氣。

「找誰？」

「……」

「誰呢？」

「她在哪？」

「你又是誰？」她納悶。「你們！」

「我是我。」

我慢慢從棺材跨出，要她先坐下來冷靜。她的手上包著繃帶，穿著醫院的手術裝，嘴唇發白，身體虛弱。我走進廚房，泡了一杯巧克力奶昔給她喝。

我看了她足足三分鐘。她握緊拳頭，失去焦點。

「卡。啊……卡……」她努力的擠出話。

「什麼？慢慢說沒關係。」

她直接喝光奶昔，手緊緊握著杯子。杯子像要捏碎般。我接過杯子，問她要不要再來一杯。她沒反應。

「還是喝開水呢？」她仍沒有反應。

我再次走進廚房，替她泡了杯薑茶。遞給她。

她的眼神仍然無法集中，嘴巴冷得顫抖。我遞一塊毛毯給她，但她看起來更冷了。

她給我一種狀態，而不是她這個人。記得上次看她時，也是同樣的感覺。那像是從沼澤中突然伸出的手，而我就是過路人，不曉得該不該將她往上拉一把。我總在困擾這類的事。攸關英雄主義的事。

現在她直直起身，毛毯瞬間皺摺，那雙眼睛冷得像冰。

「抱歉。告訴她我來過。」

「她等下就回來了，不再等一下嗎？」

「不了，」她說：「事到如今，沒辦法了，不是那麼簡單啊，……」

我望著她離開，喀的一聲關上門。我洗杯子，喝白開水。嗆到。猛力的咳嗽。最後將黃色亮質皮包收進櫃子。

天微涼，我穿大衣，走到樓下，打開信箱，發現一張她從新加坡寄來的明信片。

前面是一張新加坡的城市照。

後面則是一堆凌亂的字體。這是在相當急迫下寄來的，我猜。明信片上面寫著珍重身體，預祝夢想成功的鬼話，也說了她旅行生活的美好，叭啦叭啦的，最後畫了一顆愛心。

我放下明信片，只感到沉重。

不一樣。

我們不一樣了。

總之，不可能啊。

不可能一直漂泊啊。

自己該面對的只能靠自己，況且想要的東西必須沉下心，才能浮上來。不一樣了，我們的生命。

我有真正想扎根的事，不想再漂泊了。

20

新房客還沒回家，那段時間，我什麼事也沒做，只是走來走去，偶爾打開電視機，看新聞上的飛機消息。

以下為您插播一則報導：

班機ZH-357失蹤至今已滿一個月。根據我們最新了解，相關單位延宕、不表態的反應，引來了外界和家屬的抗議。就在昨天凌晨三點，家屬再也無法忍耐，與現場的人員產生劇烈的衝突。他們抗議的原因是，他們不相信班機ZH-357的飛機殘骸已經找到，卻找不到屍體遺骸。

我深呼吸一口氣，關掉電視，一切安靜下來。

跳一跳。自言自語。走來走去。躺進棺材。想著剛剛的事。

那名酷小子不是沒有原因的生氣，像是要將累積好久的誤會一次爆發出來似地。我不確定。畢竟不關自己的事，也不好做出回應。

然後門打開，新房客回來了。

「今天夾娃娃夾到的噢。送給你，Good luck！」她回來時這樣說。

我接過那隻長得一點也不可愛的小海豹。

她將大包小包的百貨公司購物袋，一把放在沙發上，不斷的拆封、拆封再拆封，最後取出一把金銀色的高跟鞋，擺在桌上展示。

「漂亮吧？」

「確實漂亮。香檳配美人。」

「不過很可惜，」她說：「我穿不下。太小了。」

「太小？」我說：「為什麼還買呢？看起來很貴啊。」

「第一眼的魔力。」她有點無奈的說：「即使不合腳，但是愛上了，所以想著從今天開始減肥，終有一天自己一定可以配上它。」

「胡扯。身材可以瘦，沒聽說腳能變小的。」

「總是這樣吧。」她吐出舌頭，聳聳肩。

「對了，有人找妳。三點多的時候。」

「誰？」

「我好像被誤會了。不過她沒說什麼。我知道好像有什麼誤會了。」
「誤會？」她說，一邊抿著嘴唇。臉突然冷淡下去。
「別管了，就是這樣。」
「什麼都不管好嗎？我覺得不大妥。她剛從醫院出來……」
「是啊。現在什麼都不要了。」
「不要了。」她加強語氣。
「為什麼？」
「要來要去，煩不煩啊。愛情、生活、前途、工作、夢想……」
「妳很糟糕。不處理更糟糕。懂嗎？不處理。」
「究竟該怎麼處理呢？回應？順著別人的期望？為什麼非得交代那麼多呢？」
我搖搖頭。「總得對彼此負責吧。」
「非得對彼此負責？非得牽扯不清？非得愛得死去活來？我受夠了！」
吃便當的時候，我們一句話也沒說。
對她而言，我究竟算什麼呢？吃便當的飯友？同居的室友？還是聊心事的密友？
我喜歡與她聊星座聊男人女人聊生命聊一切，可是我不喜歡她有什麼擔心的事卻不與我分擔，一直是空白的輪廓。

畫面忽然湧進來。這是一個以金銀色舞鞋為開頭，寫一個女孩夢想穿上舞鞋而不斷放屁的故事。在那個假想的國度中，每放一次屁，丟一次臉，每個人更接近自己想要的模樣。

21

廚房不斷發出情緒。

她電話另一方急迫的響著。

事情已經蔓延到整間屋子。

這幾天來，她活得很亂，嚴重影響我的工作進度。她出去時酸著臉。回來時苦著臉。照面時愁著臉。別過頭時悶著臉。不管是面對我還是面對空氣都是那張不快樂的臉。

試著說一點笑話，她卻毫無反應。吃飯時掉了飯。說話時忘了話。對上眼時放了空。做事情則東落一塊西落一塊。問她什麼，她也不答。

我猜再過一陣子，她也會變成樓梯邊的酒醉女人。

「欸，說點什麼吧？怎麼了？」

「……」她坐在沙發上，一動也不動的望著前方。

「喂！總不能這樣一直下去吧！」

「胃總得消化一點東西啊。」

「……」

「愛，愛愛愛愛愛到天天夜夜年年日日愛愛愛。」

「……」

「……玩夠了回家吧。」我說。在她眼前揮一揮。

「別發呆啊！地球上到處種滿碎心草，偶爾還得防範外星人的攻擊啊。醒來！醒來！醒來！誰來告訴我，為什麼活在地球一點也不快樂。是的。一點也不快樂。到處瀰漫催淚瓦斯與流口水的粉紅色胖女人。」

「……」

「……」

「什麼意思，妳知道嗎？」

「……」

「……」她還是一副要死要活的樣子。

我打開打火機。轉開瓦斯爐。打開爭吵的電視畫面。我開始發火。

「OK. I quit.」

一句話表現地球人：傷心喝酒，不傷心喝油。

呸呸呸呸呸呸呸呸呸呸。噁心吐吐吐吐。髒得不像話。

22

雨一直下。她已經三天沒回家。

我吃完漢堡，關上門窗，看見熟悉的身影站在路燈旁。雨低聲呢喃。她與她的女朋友就在底下說話。聽不見兩人說什麼，但透過動作，知道兩人正在談判。她的眼望向很遠的地方，沒有聚焦，而她的女朋友在那裡苦苦掙扎，痛苦得不得了。我以為待會兩人就會擁抱、擁吻、重歸舊好，但我錯了。

不知道兩人發生什麼事，但大概是沒有愛了，關係停滯了，心的距離出現了。她的女朋友牽起她的手。她放開。久久沉默。然後話不停從她女朋友口中吐出來，而那傢伙像往常般，一遇到事情便關上嘴巴，閃躲該面對的事，不負責。

我開始同情她的女朋友。

兩人開始往前走動，現在離路燈有些距離。雨淋濕全身，她們的淚跟著雨擠進地下水溝。雨勢張狂，她女朋友連著雨水淚水和口水做最後一分努力，但她依舊如此，好像世間上沒有什麼可以真正打開她的心，進入真正的她。

兩人曾經有過歡樂，也一同克服個性上的摩擦，後來她們的關係確實撐過來了，還宣稱要一輩子照顧彼此。曾經那麼天真的認為。曾經那麼認真的對待。但後來不是誰的過錯，而是牽繫兩人的線斷了。

她甩掉她女朋友的手。她往樓梯上跑，留她一個人待在原地，後來往另一個街道離開。我恍然大悟，原來這永遠是愛的結局。

然後兩人沒再見面。從此沒再見面。

關上窗戶，聽得見細微的雨聲，我躺在沙發上假裝睡覺。

她衝進來，砰的好大一聲，把自己緊緊關進房間，獨自待在黑盒子內堅強。

我起身走到廚房晃晃，再走到她的房門前，試著敲一敲。我的腳步在她的房門前徘徊。再敲一敲。叩叩叩。

「喂喂，妳肚子餓嗎？」

沒有回應。我再喊一次。

「妳肚子餓嗎？」

仍舊沒有聲音。我再次敲敲房門。叩叩叩。

「嘿，妳餓嗎？」

「我煮了麻油雞麵呀。」

「出來吃宵夜。」

沒有回應。她的話語全是雨的聲音。我聽得清楚，卻不大理解。

回到廚房，我將鍋子裝水，加熱沸騰，丟了兩包麻油雞泡麵進鍋。

這段期間，我一直希望房子發出一點聲音。鍋子、洗手台、碟子、叉筷，什麼都好，只要它們能發出一些聲音。但它們全都保持沉默。

悶熱的雨天，身體黏答答的，我轉小火，進浴室脫光上衣和內褲，直接往身體潑上冷水。啪的一下，假想雨水也潑在自己身上。

擦乾身體，穿上內褲和上衣，再走回廚房。

麵已經煮得差不多，我丟了兩顆蛋，等蛋一熟，撈起麵，分成兩個大碗。蛋一顆是她的。一顆是我的。香噴噴的麻油香傳遍整間屋子。

我再次敲敲房門。叩叩叩。

她沒出來。我坐下，一根根吸起泡麵，想要等她一起出來吃。

但到最後，碗已經空了，仍不見她的人影。

我獨自坐在客廳發慌，一個字也打不出來。

整晚，雨沒停過，後來我一邊想著她們的事，一邊躺在棺材內睡著了。

23

然後是夢。好像是夢。又好像是真的。

我驚醒，醒來時眼角濕潤，往廚房一看。

畫面相當模糊。我看見她插著腰，生氣的朝我看來。我再轉頭仔細一看時，她的影像化做煙霧消失了。她緊閉雙唇，不與我交流，只是走過去、回來、再走過去。

一個女人的房間是一個女人的心，原來靠得太近的人，心依然可以隔得那麼遠。

終究，她只是我的新房客。

前後一致，沒交代沒傷害沒有愛，兩人不過萍水相逢罷了。

曾經我想過那種可能，以為我們可以成為很好的共難者，一起找到椰子樹和萊姆酒的海岸邊玩耍，但現在看來沒那種可能。

24

是記憶還是另一個夢，我不確定。

所有畫面全是黑白的。似乎回到過去了。

是個大晴天。日曆上是四月一日。這是交往的第二年。

一大早，她緊閉嘴唇，側過臉，背對我，垂下那雙眼睫毛。不曉得為什麼，那雙眼睫毛總是給我很多的想像。

時鐘滴答走著。鳥兒喳喳叫著。接著她一雙眼睛開始淹滿大水，啪啦啪啦滾落我的心窩。我擦過她的淚珠，撫摸她的頭，用盡力氣冶著她的情緒。

「我覺得自己很不快樂！」她一邊流鼻涕一邊往我身上擦。

「真的！真的很不快樂！」

「兩個人在一起為什麼、還是、這麼不快樂？」

「明明只是待在一起，在同一個空間聞著彼此的氣味，為什麼一切變得困難……」她最後那段話幾乎將心痛剪出來。

那張臉頓時碎裂開來，一下子老了好幾歲。她的靈魂開始扭曲，我看見眼珠燒出火，灼到焦，掉出一塊又一塊的炭。

我恍然大悟。我以為自己可以承受很久。以為天長地久不過就那麼短。如今我不再天真地認為。我覺得她變得怎麼樣都沒關係。那不再是我在乎的一切。只要能找回當初的那份寧靜就好。

她的狂傲她的交際她的任性她的嫉妒都是我熟稔的她。

我無法背對她，於是繞著她跑。

我曾經向她預示兩人的差異，但她仍滔滔不絕的述說彼此未來，彷彿未來即將成真似的。我不相信，表現得沉默，而這件事總讓她生氣。

總是愛情來得太快，生活走得太慢，萬一兩人的步伐太過凌亂，那麼乾脆別奢望彼此的並肩陪伴，畢竟將來要路過的地方有風有雨。

後來我倒了兩杯水給她喝，試著安撫她的情緒，耐心的等待她抬頭。

當時，我知道兩人已經抵達盡頭，該是分道揚鑣的時候。

她一邊擤著鼻涕一邊喝水，在我的肩膀上一直哭，一直打著我的背。她說她很不快樂，我不懂她所謂的快樂，也不好意思應答。

彼此追求的東西並不相同。本質上有很大的差異。其實見到她的第一眼就知道了，她是那種搶出頭的美麗女孩，骨子底存在著大量騷動，總是無法獨處太久，無法在同一個地方停滯太久，最喜歡向外竄得頭破血流。

那天，時鐘從一大早走到凌晨十二點，我們一口飯也沒吃。

隔天早晨七點，她戴著珍珠耳環，披上一襲開屏的孔雀裝，踩著高貴的黑高跟鞋，打開門，走下樓。

那個早上，我靠在門邊聽她的高跟鞋聲，一度以為她會走回來。

但我多心了，她終究沒有回頭。

我是唯一看出她前後不對致的人，但她自己不想知道，後來我也懶得揭穿了。

七天後，我聽見她在外頭與旁人的親密竊笑，攤在陽光下的溫柔像驟然增長的病毒細胞，佈滿了我的血液，吞噬了我的理智，觸發了神經衝動，時間一下子把我拋得好遠好遠。

後來我才知道，原來那段時間，我愛到沒有自己。

25

雨下不停。半夜三點，雨淹沒水溝。

四點，雨淹沒樓梯。

黃色雨衣和酒醉女人緩緩流向街道。

五點時，她的麻油雞麵已經乾掉。我醒過來，走進廚房，倒入流理台，清洗碗盤和湯匙。外頭轟隆轟隆響著，風和雨發狂的潑進客廳，周遭突然竄出一股不安的感覺。我關上陽台窗戶，穿上黃色雨衣，拎了一把雨傘，關上門，走下樓。

雨已經淹沒樓梯的四分之一。

討厭自己多情。酒醉女人與我素昧平生，我對她卻特別在意，縱使隔了那麼久，躲得那麼遠，最後還是逃不過。

我問自己，她重要嗎？

她一個陌生女子，酒醉女人，如何值得我拚命呢？

沒有。並沒有。根本沒有。

但實情是，我擔心她的安危。即使她不是我的誰，我仍然擔心她。

試著找尋她。雙腳混在泥沙水中行走。

雨刮過我的臉，淋濕我的髮。

抬頭一看，頂上是一片慘白的天。

天一直哭，像誰累積足夠的心痛而放聲大哭。

哭吧哭吧，我想。就那樣哭完一整年的份量也好。

雨水模糊視線，兩邊已成為河道，我拿不定主意，覺得不管走哪個方向都是錯誤，最後我決定一錯再錯，往心的方向走去。

河面上漂來破背包、盆栽、置物箱、寶特瓶、竹竿、紅色內衣、雨鞋、絨毛熊布偶。周遭的建築看似緘默不動，但仔細觀察之下，可以發現那些欄杆、招牌或是紅綠燈有很大的顫動。後來我在破輪胎上看見她。

那是一個待在風雨中無助的女子。

人雖然醒著，但似乎搞不清狀況。我大聲叫她，跑到她的面前，手揮了兩下。

她那雙困惑的眼，對著天空以及現前的我，然後眼神越過我，直逼宇宙盡頭。

但宇宙沒有盡頭，於是眼神沒有降臨，只留下迷茫。

她不打算說話，也不要動作，似乎還想待著。

「喂！」我拍拍她的肩膀。她不動。即使她剛醒來，或者酒醒，也應該感受得到這冷得不像話的大雨。

我大喊。「我們先進屋吧。」

「先離開這裡！」我一邊大聲喊，一邊吃進雨水。

「快走！」

「快走！」

她沒動作。大約有三十秒，她愣愣看著我。我拉她手臂，她開始試圖站起來，不過似乎是肌肉太久沒運作的關係，雙腳忽然軟了一下，就那樣跌進雨水，吃了一口雨。我把她扶起來，走了兩步路，腳又軟下去。

「我揹妳。」我說。她沒反應。

「我揹妳！」

「我揹妳！」

她嘴唇冷得顫抖，攀上我的背。我像電影中的英雄般，迎著強勢的雨，一路跨過雨水，走進街道，上了樓梯。

這一點也不浪漫，我冷透了。

26

昏沉的空間。寒冷的肌膚。偷懶睡覺的杜蟲。嘩啦嘩啦的雨。這種天氣使心更脆弱，就算隨便擁抱誰也不會後悔。

酒醉女人漸漸清醒，喝了一口熱咖啡，什麼也沒說，我有點擔心。

那雙眼睛透出些微亮光時，她仍表現得相當空白，像從漫長的宇宙航行中，不小心掉落地球般，還不曉得如何表達，彷彿怎麼開口都是錯誤。

我在這個時候遇見她實在可惜。

但她在這個時候遇見我算得上幸運。

「你是誰？」

她一問這句話正巧切中問題核心點。她對我一無所知，而我也並不真的認識她。我探查過她的訊息，看見她身上的孢菇，但還不清楚她背後的故事。

「把妳從寒冷的外面帶進來的人。」

「……」

「……」

「……」

她抓著頭，揉掉幾根白色香菇，對頭上發生的一切，絲毫沒有訝異。

「現在是幾月幾日？」

我看著牆上日曆，歪頭疑惑。「我不知道現在是幾月幾日。」

我看了一下手錶。「現在是七點五十三分。」

她過了很久才聽進這句話，重複說了一次，七點五十三分。

「太晚了。」

「太晚？現在是白天。」

「一切都太晚了。應該一小時前醒過來，這次看來又失敗了。」

「懂。」

「懂？」她說：「你懂什麼？」

「大家都該趁早清醒。」我隨口說。

「你為什麼帶我進來？」

「天氣太差了。」我漫不經心的說。

但事實上，她就在那裡，我不得不在意她。或許每天不經意的接觸、相遇，已經產生熟悉感。我在意眼前的酒醉女人。正確無誤。

「不可以那樣。你搞砸了。」

「好吧好吧。」我說：「溺水的小貓總得救啊。」

「……」

「……」

「我是不會向你道謝的。」她語氣冷淡。又喝了一口咖啡。

「……」誰希罕呢。

「冰箱有檸檬塔，要吃嗎？」

她沒理我，繼續撥掉頭上的菇，現在地板上掉滿白菇。

「這裡有沒有髮飾？」

「髮飾？」我說：「黑色橡皮圈。」

想起不好的回憶。先前就是因為常常睹物思人，才把家裡好好打掃一番。現在要再找到粉紅色頑皮豹女孩的東西，恐怕相當困難。

我搖搖頭。她皺了一下眉頭，隻手往沙發底下伸，從裡頭掏出薔薇色蝴蝶結髮飾。想起來了，那是之前她找好久的髮飾，沒想到竟然藏在下面。她撩動長髮，開始整理頭髮。我看著她用手指梳理亂髮，塞入耳後，然後一把抓起，用不怎麼流利的動作，圈上薔薇色蝴蝶結髮飾。打了三個結。

我走向廚房，端出檸檬塔。她一句話也沒說，一口一口吃掉檸檬塔。

「這麼久沒吃東西，胃很可憐喏。」

她抬頭。瞪著我。「你怎麼知道我很久沒吃東西？」

「當然。妳倒在樓梯口很久啦。」

「不可能。」她說：「為什麼你知道？」

「就是看見了。」

「你？」她說：「為什麼調查我？」

「調查？」我說：「沒那種閒工夫啊。」

話不投機。我決定不再說話。

她吃完檸檬塔，喝完咖啡，沉沉地站了起來，並在口中喃喃幾句。

從側面看去，那塊薔薇色蝴蝶結髮飾顯得相當突兀。我想粉紅色並不適合她，反倒是更張狂的紅色或黑色才恰當。

「我要走了。」

「雨傘借妳。」

「不用。」她說：「我自己想辦法。」

「不等雨停嗎？」

「為了讓雨停，我不得不走。」

「什麼？」我吃驚的說：「好難懂。」

「雨神。」

「不是雨神。」她說：「我得想辦法將水龍頭鎖緊。」

「水龍頭？」

「我應該早一點醒過來的，這個城市要淹沒了。」

她說完這句話，匆匆走下樓，留下空杯子和空盤子以及她的神祕。我不大能理解她的話，不過那又如何，一個醉女人的胡言亂語何必太在意。

一切來得莫名其妙。

27

我正在睡，雨沒停過，關在房間的女人一次也沒出現。

我不確定。我迷迷糊糊，躺在夢中，之後醒來腦袋一片空白。

雨已經停了，聽不見雨聲，清晨的麻雀聲，或人車嘈雜聲，一切顯得寧靜。

所有事物失真了，我搞不懂自己身在夢境或情節。

然後窗震了。有聲音了。好一陣子我才聽見窗戶的聲響。

K咪將坐著汽艇，來到我面前。

「妳怎麼知道我住這裡？」

「想著要找到你，經過這棟建築時，忍不住敲敲門，結果你就出現了。」

「像是羅盤般的感應。」

我打開窗，還不明白發生什麼事。

「天啊。這個城市發生什麼事？」

「先上來吧。」

腳踩上汽艇。屁股坐進汽艇。身子融進汽艇。

不可思議。雨量已經累積到五層樓高，幾乎半座城市都淹沒在雨水裡。

到處是淹水的招牌、漂浮的沙拉油桶、扭曲的行道樹、未開封的黃色塑膠雨衣包以及其它存在地球上所定義的名詞。哩哩雜雜，我記不得了。

有些古怪。昨夜那場大雨不可能造成那麼慘烈的局面。或許是海水倒灌。忽然間，我想起酒醉女人的話，有些不可置信。

什麼是水龍頭？水龍頭在哪？這座城市的水龍頭在哪？

沒多久後，那不再是我在乎的一切，眼前景象彷彿誰隨意塗上的冷調水彩，底下的水流極具細膩感，並不真實。我的存在也是，不真實。

我隱約知道一切是夢境，過去這種事也常常發生，於是決定依著自己的想像扭轉情況。但沒有，水流沒有退去，汽艇沒有下降。

是了，或許這不是我的夢。我正待在別人的夢中。

「就是這樣啦，有時候你還是得面對醒來的一切，就像現在，城市淹水啦，我們搭上一艘汽艇，接下來該怎麼辦呢？划還是不划？」一說完，她用力的往前划。

「To be or not to be.」她說。

「That is the question.」我說。

說完話後，莎士比亞沒有出現，好萊塢的英雄們也沒有來解決我的問題，尼采或蘇格拉底或是牧羊人只會留下一堆深奧的哲思，淹沒地球人。

我決定不予理會。

「好了，我們要去哪呢？」

「像大家那樣沒有方向的划啊。」她嘻嘻笑著，眼睛注視前方。但那裡究竟有什麼？每個離開的偉人當初也像她那般瞻仰前方，然而抵達時卻看見更多遠方。

「可以嗎？」

「可以啊。」

「借我一點力氣可以嗎？」

「全部給妳也沒關係。」我說：「換我划吧。」

「好啊。怎麼划都沒關係。不管怎麼划，我們都還是待在這裡，不會到別的地方去噢。我們最終要去的只有一個地方。」

「死亡嗎？」

「當然不是啊。這麼無聊的看法，怎麼會是你這種人說出來的話呢？」她說：「對一個要用想像力當做保護盾的人，應該說點不一樣的東西吧。」

「妳怎麼知道我的事呢？」我大吃一驚。畢竟我們才講上一次話，並不熟悉。

她神祕的微笑。

我接過她的划槳，拼了命的往前划。
這段時間她只是凝視前方。我注意到她手上沒有戴戒指了。
將近五個小時，我們沒見到其他人。
手划得又瘦又累。
似乎就那樣被留下來了。

時間流過一些，夜晚又更靜了。
星光佈滿天空，偶爾發出流水的細微聲響及她拍打水面的啪啪聲。
我靠在汽艇邊，透過月光清楚見到自己的臉龐。
那張臉讓我開始懷疑自己。
沒多久後，她也透過水面凝視自己。
我望著她在水中的臉孔。
就那樣靜靜望著對方。
一想到兩人被留在宇宙中實在恐怖。
她抬頭看著月光，強烈感受這份孤寂。
我離開這一端到另一端看水面。

她也跟著我移動，挨著身子靠近，不想一個人待著。
然後我環抱她，互相取暖，這時肚子咕嚕咕嚕叫了起來。
「妳帶多少乾糧呢？」
「唔……沒有乾糧。」
「沒有、沒有乾糧？妳指的是我們沒有東西填飽肚子。」
她聳聳肩，一點也不在意。「我討厭食物。」
「妳、討厭食物？」這麼一說，我開始注意她的臉龐。比起上次，今天的臉特別瘦，而且有些憔悴。像極了紅樓夢裡林黛玉那種可憐柔弱的形象。
「妳討厭食物。平常不吃東西嗎？」
「只吃綠豆芽。」
我驚訝了一下。「平常只吃綠豆芽？」
「什麼！魚啊肉啊都不吃？米飯麵食或是湯湯水水也不吃？」
她搖頭。用力點頭。「都有。」
「這裡的『都有』指的是都對，還是妳不想多解釋？」
「該解釋什麼呢？」她那張臉確實單純，似乎真的不知道。
「解釋妳不正常的生活。厭食症？」

她皺著眉，歪著頭，反應有些遲鈍。

「怎麼可能，那麼容易飢餓的世代。這是個想吃好多食物來填飽肚子，滿足空虛靈魂的時代啊。天啊！妳真是我的驚歎號！」

「嘻嘻嘻。」

「現在怎麼辦？」

「等啊。」

「等什麼？」

「來了。」

「食物來了。」

「不可能。」我說：「太荒謬。」

「這是人生的一部分啊。」

她說完後，遠處緩緩漂來一個竹籃，散發著食物的香味。我瞪大眼睛，還不敢相信。她撈過竹籃，一邊打開一邊注意我的臉。她的臉上洋洋得意。

懂了，這是她的夢。不是我能控制的。

十五分鐘內，我吃光一隻檸檬燒雞，喝了好多雨水。如果有薑汁汽水不曉得多好，我在心裡想，但一會又覺得太過奢侈。這種處境還奢望什麼呢？

她的手突然顫抖。

「怎麼了？冷嗎？」

「不是。我突然想起一部電影，電影中的女主角最後活下來了，整整七十年間用來回憶她深愛的男人。」

「放心。我們還有汽艇，況且雨總會消退。」

「不覺得可悲嗎？深愛的人離開，自己卻得堅強面對接下來的生活。一切已經失去光彩，呼吸的空氣也不再有他，生活變得毫無意義。」

「是嗎？」

「嗯。」她極其認真的點頭。

「生活有什麼意義嗎？」我抬起頭，詢問亙古的星空。

究竟有多少人問過那片星空呢？我轉向她，沒再多想。

月光下，她的兩頰紅潤，眼神充滿魔力。我想起自己正待在她夢境這件事。

這裡是她的夢境。她想為煩悶的生活找一塊幻想空間，而我只是湊巧捲入。在這塊空間中，我可以清楚感受到她是那種不顧一切付出愛，卻難以回收愛的人。

這麼猜想也是第二眼決定的事。我認為我們是同一種人。同樣是圍牆情人。

兩道圍牆碰在一起只剩下寒冷。她內心存在著不願觸碰的事。然而我又何嘗不是如此？突然間，我在心中深深嘆了一口氣，開始憐愛彼此。

這種只有對方才能理解的悲哀，早在第一次見面時已經決定。

她發出的強烈訊號以及我發出的強烈訊號正互相吸引彼此，深深的需要著對方。

確認自己的感覺後，我鼓起勇氣。（當時我想再也不可能有那樣的機會。這一刻不說出來，我們就會在宇宙中擦身而過，再也找不到對方。）

「嘿，這一刻這一個空間這一個我，」我停頓一下，又說：「有一件害怕的事。」

「怕什麼呢？」

「我遇見妳了。」

「為什麼害怕？」

「沒什麼比這件事更令人害怕。」

「見面第二次就能這麼斷定嗎？」

「誰可以住進心底是早就明白的事。」

她咯咯笑了幾聲，透露出睿智的光芒。我在人們身上很少看見這種光，但那時我確實看見了。那道光芒十分純淨，吸引著我。

「你常常這樣告訴女孩子嗎？」

「這一刻，我好害怕。」

「你一定常常吃甜食。」一說完，她咯咯笑了幾聲，臉漲紅了。

有三分鐘誰也沒說話。

她躺在我的胸膛，靜靜聆聽我的心。

但當時我不只想要她聆聽，還想要她試著走進來。

我已經為她開了一道門縫，只要她輕輕推開來，從此就能成為她的家。

而她的家，隨便她要怎麼處理，她遠行，她待下，怎麼樣都好。

我知道我的心即將成為她的家。

「告訴你一個祕密，想聽嗎？」

我點點頭。猛點頭。

「我總在想一件事，如果可以就那樣迷戀世界，迷戀同一件事，迷戀同一個人，一再地追逐某件事物，以為眼前的一切就是所有可能，或許我會過得開心一點。

我是個不開心的人。

我的人生從出生到此刻，不得不去思索**為什麼活著？**」她的這一番話令我久久震驚，說不出一句話來。

她表情變得嚴肅，突然又將右手舉向星空，彷彿那是生命的出口。

終於，我明白在她的這塊空間中，唯獨留下我的原因。

她失望了。她對大眾失望了。

我一句話也沒說。就這樣待了三分鐘。

「該怎麼做呢？」她說：「怎麼做才能使我真正快樂？」

「這一點，不能問別人噢。只有妳自己可以給妳自己快樂。就像我的難題一樣，也只有我自己可以解決。妳有妳的孤獨，同樣的，我也有我的孤獨。」我指著星空，抱緊她。

K咪將的身體非常寒冷。我也是。

她深深地嘆一口氣，從口袋拿出婚戒，用力往後一拋。

「所以我無法進入婚姻，」她說：「就算結了婚也未必快樂，畢竟誰也無法陪誰走一輩子。這一切不過是愚蠢人類所造出來的幻象罷了。」

「妳看得太透徹了，這樣很不好。」我說：「不過，我願意陪在妳身旁，一起丟掉煩惱。」

「我們來聊別的事，好嗎？」她說。

「好啊。從哪裡開始？」

「從把你放進我的眼睛開始。」

深夜來臨，我緊緊擁她入懷，睡夢中彷彿能聽見她輕微的抽泣聲。

28

第三天醒來，發生了三件不尋常的事。

第一件，平時等待靈感用的棺材失蹤了。

第二件，左邊心臟沾滿一坨黏答答的液體。這一定是K咪將留下來的鼻涕。

我走向廁所，沖水洗掉，空氣中還聞得到她殘餘的味道。原來我並非失去嗅覺，而是我只能聞到她的氣味。

走出廁所，看見敞開的門，沒看見鎖門的人。

我直覺想到新房客也離開了。這是第三件事。

我不大能相信眼前的事實，因為再怎麼說，我看不出她非得離開的理由。

難不成回到她的女朋友身邊？

不，不可能。兩人已經抵達盡頭，再走下去就會跌入懸崖，更何況她一直踩著煞車，保有自己的原則。

但眼前這股不安竟如此巨大。對我而言，她實在難以理解。

不過，對她而言，我究竟算什麼呢？這是第二次問自己。

我大概只是她生命中的一位過客吧。

而且是無所謂繼續交流的那種。

一切雲淡風輕，未來少了牽掛。

我吐一口大大的氣，心有些灰暗和失落。

總之，結交朋友實在是非常累人的一件事。

29

隔天，雨水退潮，居民像地鼠般一個一個從洞穴探出頭來。

街邊的水溝堵塞。

工人築起道路，開始維修路牌，一邊咬著菸工作。

垃圾車抵達了現場。

等到人群散去後，爭吵聲傳到窗戶邊，我起身一看，大吃一驚。

「連棺材都從天上掉下來，太棒了。」男人說。

「弄一弄，趕快收工。冷死了。」女人說：「咦，棺材可以回收嗎？」

「哇！如果ZH-357飛機現在從這裡飛出來，我就追妳！」

「從棺材飛出來嗎？」

「頭殼燒壞啊。當然是從頭頂上這塊天空飛出來，然後降落。」男人像猴子般朝天空鬼吼鬼叫：「吆呼吆呼，要知道，我超級愛妳噢。」

「十五年不見，一見面就找我幫忙收垃圾，你這種人……太過分了。」

「我打了一百多通電話給大家，只有妳願意來。這麼吃力不討好的事，竟然還肯來，妳才是這、種、人吧，況且這種壞天氣，大家最喜歡懶洋洋的待在家睡覺。不過，要賺錢這樣最快啊。」

「對了，棺材可不可以回收呢？」

「管它回不回收，帶走就對了。」

「把這種攸關生死的東西敷衍看待，似乎不太好喏。」

「哪裡不好，告訴妳，我過去有一陣子每天想著生和死，那樣才不好吧。」男人嘻皮笑臉的說：「只要飛機出現，我就追妳。妳說可不可以啊？」

「別那麼油，我不喜歡。」

男人突然做起古怪的舞步。女人歪著頭。

「麥克傑克森，太空漫步噢。」

「我不懂你。」女人搖頭。

男人說什麼我聽不見，但眼神確實朝我看來，即使那麼遠的距離，心仍然震動了。

聽說雙胞胎會有心電感應，不曉得他是不是跟我有同樣的感覺。

我最後一眼看見棺材時，它正被人用繩子綁在垃圾車後方。

穿著制式服裝的垃圾車人員一副心情不愉快的處理那塊麻煩物。

我不好意思要回來，於是躲在窗後，一邊看著他們，一邊聽著貝多芬的〈給愛麗絲〉。說到底，這個時代的人們，毫無音樂素養。那樣美妙的歌曲，最後竟淪為提醒家家戶戶倒垃圾的國民音樂。

突然間，我彷彿看見捲頭髮的貝多芬站在垃圾車上，一邊舉著指揮棒，一邊破口大罵，無法明瞭為什麼這個時代的人，能夠一邊聽古典音樂，一邊倒垃圾呢。

那些安安靜靜坐在歌劇院內的觀眾究竟到哪裡去呢？

男人女人站在垃圾車後方，一邊說話，一邊走向街角。

「拜託！別再說貝多芬的事。」女人斥怒。「說說別的事情。」

「貝多芬好生氣。」男人誇張比劃。「骨子底忍受不住啊。明明拚命忍住，卻沒辦法。想破口大罵，這時代的人喏。真是……真是這時代的人啊。」

「無聊！」女人再次生氣。

「別再提貝多芬，貝多芬貝多芬貝多芬你腦袋究竟在想什麼？」

「想垃圾和貝多芬的關係啊。」

「我討厭你！」女人漲紅臉這樣說。

30

突如其來的。莫名其妙的。搗亂生活的。這一切實在無法忍受。

一起床，突然相當害怕，周遭什麼事也沒發生，世界沉寂得像是死蟲。我懷疑自己是否活著？空氣久久停滯，感受得到器官慢慢推送著血液，然後一天天、一天天，結果什麼事也沒發生，訝異自己快三十歲了。

已經抵達不再能隨便混就能過日子的年紀。

我一邊看著陽台，一邊數著手指頭，如果沒意外，自己還有一甲子的光陰要活。

風微微吹起淡綠色的窗簾，光打在上頭，給我一種什麼都有可能成真的幻覺。

我拉走幻覺，靠向窗簾，忽然傳來一股朝氣十足的音樂聲。

一群穿著黃綠色制服的小學生就站在街道上，活力的做著健康操，一二三四、一二三四的喊著。這本來是應該開心的事，我卻莫名的生氣。

一個字也寫不出來，哪有心情跳健康操，這世界實在荒謬透頂。

我丟了一罐寶特瓶。那瓶子在空中旋轉，擊中一名綁著辮子的小女孩。

小女孩大哭。我關上窗戶，覺得自己太沒氣度。

關於氣度，我想到一些事。

很久以前，還繳得出房租的那一天。

那一天，我一起床，脖子就扭到，痛得受不了。

房東剛好過來整理房子，看了我的情況，熱心的幫我舒活經絡。

「有練過啊？」

「試試看囉。推拿、插花、氣功、交際舞、瑜伽都學過了嘛。」他用右手捏捏我的脖子，再用拳頭順著骨頭滑下來，動作有模有樣。然後骨頭喀啦一聲，回復正常。

「這樣就行了。」

「不用找醫生嗎？」

「找醫生也未必會好啊。」

「啊？」

「有些人找一輩子的醫生也沒好啊，不知道自己該看哪種醫生，該往哪個方向找。很多人的病都檢查不出原因呢，有的是心理生病，有的是身體生病，很可憐呀，那種有問題卻找不到解答的人生，有夠麻煩。所以有些人乾脆不找了。當然也有人花了大半輩子還是沒有找到，但也有在懸崖邊緣，被救回來，拉上來的。很有趣吧。」

「有趣。」

「好，該走了。這些問題我可以幫你，不過你自己的事，還是得靠自己啊。」

我知道他的意思，只是點點頭。

「不行就出來。」他猶豫一會又說：「不過不出來也沒關係，不是每個人都要工作賺錢啊。所以只是看事情的角度。像我啊，只會收房租，還不是活到這把年紀嗎？」

「因為你是有錢人。」

「哈哈哈哈哈哈哈。」他大笑好久。

「這是氣度的問題。」

「什麼氣度？」

「氣度帶領我走向現在的人生。」

我點點頭，什麼也沒說。還不大懂他的哲學。

他是有錢人。

我關掉回憶。

突然湧起巨大的憤怒，覺得生命只剩下一堆垃圾。一點辦法也沒有。

我離開窗戶，連牙也沒刷，騎上機車，往最近的山頂加速前進。

那陣子我記得發生好多事。各種好壞往兩旁推來，為了擺脫它們，我不停的往內擠、往內躲，但到了最後，自己所擁有的重量竟然只有A4紙張般的薄度。

那段日子，周遭的風聲吹起浪頭，再吹向遠方，發生什麼事則毫無概念。

機車駛過崎嶇的山路，影子抓緊我的身體，哀哀地叫著，大喊屁股痛。我不理它，眼神化做刀尖，鋒利的對準山頂。

天剛剛亮，山間大霧遮蓋風景，我不怕死，順著感覺駛過山頭，才轉一個彎，正好碰上一台車。我快速轉向，險些倒下，但沒有，差一秒就撞上了。

最後我緊閉雙唇，受著寒風，繼續前進。

抵達山頂時，我發現左邊的車頭燈掉出來。接著我拖出微弱的影子，要它站直。但它縮成一團。沒辦法。我深吸一口氣，用還是臭的嘴，往太陽、城市的方向大喊。沒多久對面那頭也照樣給我回饋。

「夠了吧！欺人太甚！」

「夠了吧——欺人太甚——」

我對著懸崖和暴漲的溪水，抓上一把石頭，生氣的用力一丟，就像沒禮貌的紅屁股猴子般那樣胡亂搗蛋。

「去！過去！」我對著影子大喊。影子一動也不動，沉默下來。

「跳！跳下去啊！」影子躲在大樹後方，萎縮成一團。

「膽小鬼！什麼事都做不好！」

「再這樣下去，所有的東西都浪費了！陽光、木材、水泥、花草、小鳥，這些時間一過，全部會消失不見！拖拖拉拉、沒有效率！」

「影子！倒不如今天決一死戰，像個男子漢與我一決勝負，或者像日本武士那樣，實踐武士道精神！切腹！」

影子退縮，露出臉來看我。我撿起石頭，朝它一丟。

「影子！你乾脆自己到下面陪村姑洗衣服，搞大女孩子的肚子，一輩子就這樣過著挑材砍樹的生活算了。」

「我還想看到山頂上的風景啊。」我低聲反抗。

影子哀求我別丟下它，並且跪在地上說它錯了，不會再婆婆媽媽，三心二意。

頓時，我心情好多了。

最後我下定決心，憤怒載滿，一定把影子留在恐怖的山谷。

手錶指向九點，太陽高空照耀，光亮城市。我俯視一切，巨大的建築物就像螞蟻般渺小。不可思議。人站在高處竟然感覺如此空曠。忽然間，我覺得這一切，所遭遇的一切沒什麼好煩惱的。沒什麼煩，也沒什麼不煩。

我開始做起伸展運動，一邊憶起馬路上晨操孩童的臉龐，一邊喊著一二三四。那是多純真的臉龐。那樣真摯、純然的臉龐彷彿冬日的陽光般，溫暖我所有的寒冷。

我想起自己一直以來待在冷板凳忍受寒冷這件事。但如今我不再那樣以為。現在的我並非待在冷板凳，也不是忍受寒冷，而是面對我生命中必然的磨難。

做完後，我重新檢查車頭燈，發動引擎，跨上座位。

「我要下山了，你不跟來嗎？」我叫它。

影子慢慢探出頭，衰弱的靠到我身邊，黏緊我。

我發動機車下山，風柔柔的照拂臉頰，順著輕快的旋律揚長而去。

我吹起UB40的〈Red Red Wine〉。

影子吭也不吭一聲。

「搞什麼，得了便宜還賣乖。哼。」

事情過後，我像往常那樣過活，待在家中敲敲打打，而我的影子傷心好久好久，直到第二個禮拜天時，我決定掀開家中窗簾，讓一切見光。

影子一見到陽光，立刻大哭，那模樣誇張極了，連我都替影子覺得丟臉。

31

說實話，整個月我還是一行字也沒寫，只是晃來晃去，瞎耗時間。

對比眼前這座城市如此高速的步調，如此快速的汰舊更新，有時我難免懷疑自己的慢調子。我憂愁。我擔心。我神傷。我心醉。我不知道該怎麼辦。我仍然一個字也寫不出來。我相當無助。但一撇開這些，融入城市，成為城市的渺小一體，心情就可以稍微輕鬆起來。

我注意了很多旁人不經意的小事情，像是巷口的麵店突然收攤不做，哪家餐廳重新裝潢上陣，或是街邊的滷味店開始買一送一。

每天我都發現這些瑣碎。

三天前開張時，我就想光顧這間麥芽糖餅店。

店的裝潢頗具懷舊風，打著免費的試吃，任何人都可以光顧，於是我點了三塊麥芽糖餅和一杯麥茶，找了個空位坐下來。

店內十分熱絡，人來人往，應該是相當舒適的環境，我卻感受到一股寒冷。

不是誰。就是她。她讓我感到寒冷。

那個女人從一開始就沒看進我，最後離開的時候也是同樣低溫。
她上墨鏡，大波浪捲髮，掛一對吊圈銀飾耳環，身穿紅色大毛衣黑皮褲暗跟鞋。
有她在的地方，空氣間充滿警戒，與周圍形成一種互不相干的疏離。
而這微妙的關係，配上她那分強烈的孤獨，給人一種深刻的印記。
一個人孤獨時最不想被打擾。
她喝茶時孤獨。
發呆時孤獨。
舉手投足流露出一種令人揪心的疼痛。
她長得好像酒醉女人。
她真的好像她。
我不確定是不是她。
或許我該打個招呼，即使那不是她。
我的目光壓在她身上，走向她，正巧她起身，差一點我就撞上她。
冰山般的女人沉著心事，遠遠離開我，走向外頭那台神祕的黑色賓士車。
我想問問我自己。我是不是想與她再多說句話。再多待一會。我問問我自己。
最後我沒喊住她。結局不會不一樣。都一樣。

她的眼裡沒有我，就算我什麼姿態出現，從哪個角落闖入，或者多努力的理解她，知道她，等待她，解救她，或為她做任何事，都會釀成傷害。

她遇到我，時間沒有留給我，話語容不下我，姿態不會逗弄我，日夜是一隻迷途的羔羊，行走在尋覓另一個人的路徑上。

看著她的背影，我聯想起一堵巨大的牆。那牆有時跟自己好像。我常常覺得自己是那面牆，誰爬得上來，未必敢跳下來。

而她是一面紅黑色的牆，染滿我的羞澀和她的迷夢。

我看著她坐進賓士車。車子引擎發動，緩慢的往前開了一小段路。

突然間，我想起什麼，發狂的往前奔跑，大聲喊住她。

所有人探出頭來，一句話也沒說。

車子停了。

大概有五秒，再五秒，神似酒醉女人的她就會打開門，走出來，劈頭問我怎麼回事。

但沒多等兩秒，我的腳慌張退後，一陣聲響震撼我。

砰砰砰砰。

砰砰砰砰。

砰砰砰砰。

匡啷匡啷。

匡啷匡啷。

玻璃碎了滿地。

玻璃碎了滿地。

我躲在柱子後面。

槍聲闖進我的生命。

是車內的人。車內的墨鏡小弟隨意往外掃射，似乎想破壞什麼。

我嚇得一身冷汗，再也不敢接近。

是作秀吧，但沒有要傷害誰的樣子。

最後賓士車以緩慢的速度離開視線。

我知道是她。

我確定是她。

那個躺在我家樓下的酒醉女人。

她變了妝，換了髮型，但我仍認得她。

她似乎還沒好。沒真正好起來。

如果她好起來，那麼她會開始注意周遭。

而且有機會知道，她的皮包其實在我家保存著。

不過現在看來，暫時擱著吧。

我沒必要招惹她，雖然我曾給了她一箱黃色雨衣，提供她盡情傷心的樓梯口，也希望她醒來時，至少能抬頭看看我，但這一切只是單方面的癡心妄想。

暗戀是相當痛苦的，因為你總會受著疼痛和發現她不愛你的證據，即使她什麼也沒做，你什麼也沒說，但傷痛已然促成。舉個例子來說，你順著她的目光，走過她常常待的路口，喝著她愛的辣椒汁，卻發現原來她的眼裡住著另一個人，還在等另一個人，甚至已經適應了不是你身上該有的味道。

32

所有人離開後，我一個人在城市生活。

那段時間我不停做夢……

做了好多關於過去的夢……

夢中的我們相當年輕，毫無煩惱，好快樂的樣子。

那段時間，我好希望誰闖進我的生活。

打進我的電話號碼。

告訴我內心的話。

失敗、失戀、離婚、生死、生病……什麼都好。

我等。

努力等。

等到最後還是只有眼前這分寂寥。

所有事情幾乎沉下去了。

33

牆上掛著二〇〇七年年曆。那是在一起的第三年。

凌晨，電視機開了又關。開了又關。

她上樓，帶了兩份宵夜和一對腫脹的雙眼。我坐在書桌前，沒理她。緊閉雙唇的她，姿態刻意低下，摸了我的手臂，放上豆漿和油條，勉強擠出一些話。

「吃一下吧，」她說：「已經一整天了。」

「上次那個女的，你對人家有意思嗎？」

「哪個女的？」

「看電影那個。」

「沒人陪我，所以找她嘛。」

「不像妳。」

「像我怎麼樣？」

「……」

「……」

她打開塑膠袋，拿出兩杯豆漿，插上吸管，逕自喝起豆漿，退回床邊坐著。

「為什麼前天沒回家？」

「妳也常常不回家嘛。」

她的手機鈴聲突然響起，我發現她又換了鈴聲，上禮拜是〈Bird of Sorrow〉，前天是〈Lies〉，今天是〈If you want me〉。有那麼一陣子，我們瘋狂愛上Glen Hansard，清楚他每一首歌詞和旋律，也曾為他瘋狂跳躍，但如今都成了諷刺。

她沒接電話。這是個訊號。

她打開電視，製造出一點聲響，跟著泡泡綜藝大哥大笑，忽然關掉電視，因為電話又打來了。她依然沒接。我走到廁所洗臉，沖水，洗臉，看清自己的模樣，再坐回書桌，試著看一點書。回來時，我的手機正在震動，不曉得她剛剛有沒有特地靠近書桌，查看打來的對象。

然後震動停止了。

我沒心情與任何人說話，只覺得筋疲力盡，於是乾脆趴在書桌上。

她起身關燈，我聽見高跟鞋掉落在地的聲音，以及她躺在床上不規律的呼吸。我縮著頭，覺得自己毫無自尊。房間是我的，如今她要來就來，要走就走。

那一天，只差〇．五釐米的距離。

差那麼一點距離，我就會跟看電影的女孩上床。

那晚我進了她家。月光下她好像她。我激動的吻著她。兩個人偷偷摸摸爬上她的床後，頓時我覺得自己跟她沒兩樣，於是又抱歉地下床離開。我想或許當她擁抱另一個人時，心裡也會想著我。說到底，這算不算背叛，有時我分不清楚。

沒多久，她從黑暗中發出聲音。

「我累了，想先睡。」

「……」

「別吵我。」

「……」

「你不睡嗎？」

「……」

「妳睡吧。」

「……」

接下來的一個禮拜，電影女孩和我開始熟悉彼此的身體。

34

再次見到酒醉女人是一個月後。

那天是個風平浪靜的清晨，空氣的氛圍十分不尋常，於是我鎖著門，關上窗。但她憑藉直覺，知道我待在一個人的洞穴，因此命令她的手下，撞開門，闖進我的地盤。

我幾乎跌到了沙發下，不想再碰上她。這一切來得太突然。

我蓬頭垢面，身上只穿了一件棉質內褲和內衣，已經一個禮拜沒洗澡了。

她的一名男手下推開地板上的啤酒和一堆洋芋片包，清出一條通道。

「我的通行證不見了，或許你拿走了？」

「通行證？」

「我沒有什麼通行證，」我說：「難道妳的通行證是我的心？」

「我像是會接受這種玩笑的人嗎？」她表情相當嚴肅。

氣氛拉起尷尬，她旁邊的手下板著臉，也沒笑。我試著想讓氣氛和緩些，但不被理解。

接下來有一分鐘，她沒說話。我也沒話說。

我沒話對她說，該跟她說什麼？

要她保重找個人被愛照顧而不是愛上一個會讓她瘋狂受傷的另一半？
我沒話對她說，該跟她說什麼？
要她活得快樂找到幸福美好而不是綁上一串會讓她瘋狂凌亂的枷鎖？
我沒話對她說，該跟她說什麼？
要她學會愛與被愛找到自身意義而不是向外尋求慰藉或是幾度的臉紅心跳。
總之，情不逢時，路也未必同行，再繼續下去，只是自招麻煩，根本沒道理的事。
「其實不瞞你說，」她說，深吸一口氣，久久才吐出話來。
我頭稍微往前，專心聽她說話。
「我是從距離地球七七七光年的Ｕｍｍ星球過來的。我是來地球執行救援任務的外星生物。不是這裡人。不喝地球的水。不吃地球的食物。也無法適應地球的生活。」
「嗯。」我說：「我相信。」
她臉上十分驚訝。
「這種事你竟然相信？」
「我相信。一個女人會從頭上長出香菇，這件事本身相當離奇啊。」
「你看得見？」她大吃一驚，以快速流利的星球語言與手下溝通。
「看得見啊。白色的小孢子，然後慢慢長成美麗的菇。我從沒看過那樣透白潔淨，而且會發光的菇。那樣完美的純度，讓人有一種想親近，卻無從下手的感覺。想摘下來，好好珍藏，但畢竟自己不配擁有那樣的東西，心感到強烈的失落。」

她嘆了一口氣。

「不是的，」她說：「你不會不配擁有，畢竟能這麼深刻地看進一個人的內心，這說明我們磁場相合。」

「這個強烈的訊號，比什麼都來得重要。」

「而且你每天對我說話不是嗎？」

「我？我沒有啊。」

「在潛意識中，你自己察覺不到啊！」

「是嗎？」

「那段期間，我可以感受你的熱度，可以感覺到你對我的關心，即使你什麼也沒說，我什麼也沒做，但只要發現彼此，內心一定會收到訊號。」

「挺抽象的。」

這中間我們沉默了一分鐘。

「想起來了！」我猛然站起，打開櫃子，掏出皮包，遞給她。

「就是這個！」一說完，她翻找皮夾，抽出所謂的通行證。

那不是地球的身分證，而是她在Ｕｍｍ星球的通行證。我在心中默念她的資訊，沒想到過了那麼久，數字那麼多，符號特別難記，古羅馬文這麼易於遺忘，我還是清楚記得她的種種資訊。

「可以告訴我Ｕｍｍ星球上有什麼嗎？」

「你真的想了解嗎？不是隨口問問？」

「我很好奇，想知道妳生長的地方是什麼樣的星球？」

「這一切得在你專心的聆聽下，話語才有重量。」

「我確實想知道。」

接著她緩緩地吐出字句。「Ｕｍｍ星球是一個乾涸的星球，有一塊巨大的香菇農地，平房，氧氣筒，和很少的池塘，普遍上水源不足。」她休息一會，繼續又說：「所以這次任務是來勘查地球的水，尤其是這塊區域。」

「有什麼收穫嗎？」

「這裡有海，有湖，有井，有河流，是個水很多的星球。不過圍繞在你身邊的區域更多水。相當奇怪啊。」

「我？什麼意思？」

「這件事還得等研究報告出來。」她說：「但以感性的角度來看，可能是你這個人容易催淚，也容易提醒人的孤寂，造成氾濫。」
「我？」歪著頭。「是嗎？我自己不知道。」
「很抽象，希望你明白。」
「那麼躺在我家樓下也是在勘查嗎？」
「偵測站。當偵測站時，我只能昏睡。這是個缺點。」她這樣一說，我略微了解。
「可是那些酒罐子呢？酒臭味呢？」
我覺得自己有很大的誤會，完全顛覆我的想像。
「偽裝。地球人擅長偽裝，所以我只是模仿。」
「原來如此。」
「有機會，時間到了，如果你還在我腦海浮起，我會帶你到Ｕｍｍ星球看一看。」她揮手示意手下，手下抬出公事包。
「為了答謝你，請你選一個留下。」
「妳媽媽沒有交代妳，不可以隨便送人家禮物嗎？隨便送別人禮物是相當不禮貌的。」
「不送禮物，我不知道怎麼答謝你。」
「不用謝我。」我說：「這只是小事。」

「浩瀚的宇宙中只有一個人能拒絕我。」她說：「我希望不是你。」

「是嗎？」我說：「沒關係，我無所謂。」

「請你一定要收下。」她打開公事包，依序拿出來，擺在桌上。

那是三個的紅色盒子。

「第一樣是無聊的35mm膠卷。」她指著最左方的紅色盒子。

「第二樣是瑪麗蓮夢露。」

「瑪麗蓮夢露？什麼意思？」我有些驚訝。

「瑪麗蓮夢露是指海報？肖像？還是照片？影像？」

「就是瑪麗蓮夢露。在上個世紀是每個男人最渴望的女人噢。」她不帶表情的說：「而且是活生生的女人。」

我眼睛瞪得大大的，沒話說，嚥下口水。

「可是瑪麗蓮夢露已經死了一個世紀了。」

「只要扭轉時空沒什麼辦不到的事，」她說：「況且生跟死只是地球人所想出來的概念罷了。我們不會這樣理解這種事。」

我沒說話。她說的對。生跟死只是我們用來解釋活在地球的狀態。就跟電燈開關一樣。開，燈亮了。關，燈暗了。沒有人會為了燈的事情哭泣。

「第三樣是卓別林的西裝和禮帽。」她過一會又說：「穿上他的西裝和禮帽，就能成為他噢。他的才華他的幽默他的形象他的偉大。這是每個小男孩的渴望。」

我再次吞下口水，誘惑好大。

「什麼是無聊的膠卷？」

「字面上的意思，就是令人感到無聊的膠卷。」

我足足思考了五分鐘。在那五分鐘我正視自己。我知道自己渴望瑪麗蓮夢露般的女人。也渴望卓別林般的偉大。但自己的心卻被無聊的膠卷深深吸引著。

我選擇了無聊的膠卷。

「禮物一旦送出，後果自行負責。」

「什麼意思？」

「沒什麼意思。不要弄丟了。」她提醒。

「當然。畢竟是外星生物送的。」

「要走了。」她坐在沙發上，屁股還不肯移動，似乎有什麼話沒說清楚。

過了兩分鐘又說：「那我走了。」

「不送。」

她還是沒走。我看著無聊的膠卷，再陪她坐五分鐘。

「這次真的要走了。」她再說一次。

「再見。」我說。

「不見。」她說。

「別再見面了。」我低聲說。

她下樓。他們也下樓。我趴在窗外看著他們離開。

五分鐘後，馬路上沒有人影，就那樣消失在樓梯間。但是黑色轎車還留在馬路上。車牌umm-777的黑色轎車。

回到房間，抱著棉被，忽然好渴望擁抱一個真實的體溫，於是我關上電腦，關上窗戶，關上門，踏步下樓。

35

我在附近的公園散步。奇蹟似的。在一年中的最後一天，我的手機響起來了。

「喂喂喂！」我興奮的連續喊著。

電話那頭是嘈雜的人群聲、音樂聲，聽不大清楚。

「喂喂喂！聽見了嗎？」女孩大喊。

我知道是她。這麼多年來也只有她會打給我，想必我在她的心中占有幾分重量。其實我好想與她坐下來談一談，兩個人眼睛對眼睛，能感受彼此體溫的那種，而不是透過冷冰冰的電話傳達燙耳的話語。但不曉得為何，每次想進一步約會時，電話總是突然中斷，或是聽不見對方的話。

這種事竟然常常發生在我們這種平凡男女身上，我覺得相當奇怪。

「猜猜我是誰。」她好開心的說。

「還用我猜？這次是電話亭打過來的，還是保密號碼？」我說：「不管怎麼樣，妳知道嗎？我一直很想念妳，一直很喜歡妳。雖然這麼多年過去，也有好多女人經過我的生命，但是我一直記得妳。一直想起妳。」

「……」

「……」

「……」

「喂喂喂！」我拚命喊。或許電話又像往年那樣斷掉了。

「……」

正當我準備掛斷手機時，她說話了。她剛剛可能驚訝得說不出話來。

她咳嗽三聲。我專注聆聽。但她又不說話。於是我繼續說。

「其實妳在我的生命裡住了六年，長達六年噢。」我說：「真的很喜歡很喜歡妳。」

「啊？」她說。「是嗎？」她嘆了一口氣。「可惜我也是。」

「啊？」我倒抽一口氣。

「有時候我覺得世界小得不可思議，這種事也有可能發生。」我補充。

「妳是我的初戀，」我說：「曾經很用力的瘋狂幻想著。」

「……」

「……」

「……」

「喂喂喂！」我拚命喊，以為電話斷掉了。

「第二個。你是我生命中第二個喜歡的男生。」她說：「不過我們哪……一直遇不到彼此……下次，有機會的話，一定要告訴我。」

「失戀一定告訴妳。」

「這次是用私人手機打給你，沒有保密號碼，也不是電話亭。」

「我知道了。」

「也謝謝你告訴我。」她說：「今天一定睡不著。」

「我也是。晚安。」

電話掛斷。那晚我睡得異常安穩。

然後一年又過了。

依然什麼沒做。

36

自從粉紅色頑皮豹女孩離開後，我的心成為一座空谷。

我跟她是在互相需要時湊在一起的。沒有一見鍾情，沒有慢火熬煮，也少了很多很多的喜歡。當時彼此都有各自該處理的傷口，卻沒想到兩人靠在一起療傷，更容易遺忘傷口。性的交歡，情慾的發洩，互相擁吻的熱度，這些幾乎使人忘卻悲傷。

身體的安慰滿足了，心情也開朗許多，那時我開始知道原來自己可以同時分裝不同的女人。在最後的一年中，我精神出軌的次數不亞於她，但奇怪的是，雙方總是拿捏恰到，走遠了就回頭，靠在彼此搭建好的船隻上，互相取暖。

到底該如何從一而終的對待一個良善的人，那一年我時常這樣想。

何況我們總是太多情。

總是太多可愛的女人和可愛的男人路過，無法使我們的心牢固地鎖在同一個栓點。

當然這一切彼此都忍耐過去了。

其實確定分開最大的原因是本質上的落差。

我記得，分手的晚上，我們講了好久好久的電話。

掛斷電話後，我想了好多好多。
曾經受過的傷。
失敗的夢。
愛人的名字。
消逝的笑容。
突然一個一個從內在大量翻騰後，一次流洩出來。
那個晚上，我哭了整整六個小時。

37

早上，我就著燈光，反覆翻看35mm膠卷。我打了十五通電話，詢問各大圖書館、電影院以及放映室是否支援膠卷放映，但得到的答案令人失望。

下午，我吃了一碗餛飩，喝了一杯紅茶，打電話給上次那名借我圖書館放映室的熟人。他的聲音聽起來歷經滄桑，不曉得這期間發生什麼事。

「膠卷放映機？」

「這個年代那種東西通通回收囉。想找的話，得到電影博物館呀。」

「電影博物館？」

「是啊。」他說。中間咳嗽幾聲。「就是那種蒐藏『歷史』的地方。」

「你想借嗎？」

「可以嗎？」

「不過要透過特殊管道，而且不能在光天化日之下進行，你可以嗎？」

「當然。」

「我來想辦法。」

「謝謝。」我說了兩次。電話早已掛斷。

晚上，我的電話始終沒響。有些失望。我打開電視機，用耳朵聆聽飛機播報消息。

這件新聞已經報導將近兩個月，事件竟然還沒落幕。

一點零三分時，電話終於響了。

「結果如何？」

「安全上壘。」他說：「虧我柔軟的身段，認識我真好，你說是吧？」

「認識你是我天大的幸運。」

「好了，事情是這樣，」他說：「得在半夜三點。你辦得到嗎？」

我深吸一口氣。「為什麼得在半夜三點，現在不行嗎？」

「這是規定。」他說：「鑰匙在我手上。約個地方見面吧。」

「嗯。」

掛上電話後，我穿了紅色格子襯衫與馬丁鞋，離開前喝了三杯水，並將無聊的膠卷放進後背包，接著一路沿著中正路走向中正公園。

電影博物館就在公園隔壁。我坐在階梯前等著熟人。

我與熟人沒特別的事並不見面，兩人的關係有一種默契，知曉彼此待在同一座城市，也熟悉彼此的個性，互相需要時，常常是很嚴重的事了。

他一走來，頂著大白髮。我有些驚訝，因為他才小我一歲。
「喏。鑰匙。」他遞給我，瞇著眼笑開。
「你？」我想問。但不知從哪邊問起。
「這也是我今天想見你的原因之一。」
「最近過得如何？」
「隨隨便便過日子。」他說：「不過你就不一樣了。你很努力的朝著那個方向前進，不是嗎？而我卻還在原地打轉。什麼也沒做。沒有找老婆，沒有生小孩，反倒存款有漸漸增加的趨向。而且一個人住，生活需求也不大，留下來的錢，經常不曉得該怎麼作用。你萬一缺錢用的話，一定要找我。」
「當然。」我說：「不過暫時不需要。」
「好像就是這樣。我們總得做點什麼事，總得改變什麼。我的白髮是一夕之間長出來的。沒辦法，有股力量正在傷害我，黑夜帶著悲傷降臨，想逃走已經太遲了。」
「常失眠？」
「我已經一個月沒睡了。」
「吃安眠藥呢？」
「是兩倍劑量。」

「發生什麼事？」

「沒什麼事發生。」

「下次聊，打電話給我。」

「說到這件事，」他說：「我常常握著手機，看著裡面的名字，卻找不到說話的人。」

「包括我？」

「手機這種東西真是諷刺。」

我沒有回答。他瞥了我一眼。我用力叩一下他的頭。他痛得叫出來。

「打電話給我。」我認真看著他。

「一定打。」

「嗯。」

「你使用過膠卷放映機嗎？」

「沒有。」

「那麼讓我教你吧。」他說：「真懷念噢。」

踏上階梯，我們來到二樓放映室。

我把35mm膠卷交給他。他動作熟練的架上機器，開始轉動輪軸，檢查膠卷。

「膠卷放映師，」他說：「大學時曾經打工過噢。不過現在這種職業已經消失了。回想起來，那段時光還是相當快樂。在那之後，我的人生失去快樂的感覺。怎麼樣也快樂不起來。但說到底，可能跟時代有關吧。假若我早點出生的話，或許能碰上旺盛的膠卷時代，從事自己喜歡的職業。這或許也跟個性有關，我呢，總是喜歡過時的東西。」

「你讓我想起一位朋友。」我說：「他說過類似的話。」

「不過他想從事的是嚇人藝術。」

「嚇人？」他說：「是鬼片嗎？」

「不，」我說：「從事嚇人這種工作。並且將之化做藝術。」

「那是相當前衛的事。」

「沒錯。」

「好了，」他說：「膠卷厚度不到十分鐘，接下來只要把這些膠卷安置在正確的位置上，畫面就能順利放映。」

我望著他的白髮，有一刻覺得白髮正在騷動，想訴說什麼。直覺告訴我，他很努力的活下來，接受自己白髮的模樣。我無法想像他究竟承受了什麼，就像我自己也無法想像自己能夠度過那些日子，抵達這裡。

「準備好了嗎？」
「可以。」
「那開始吧。」

投影幕放下後，順利放映了。
畫面首先是黑色。有物體正在空間中移動。
還不確定是什麼。
有三分鐘持續保持同樣的畫面。
這的確是一捲相當無聊的膠卷。
沒什麼事發生。
仔細觀察下，只有黑色與白色的畫面移動。
那物體以規律的速度正要前往某地。
還不知道物體從何處出發，也不知道物體要去哪裡，就那樣漫漫長長的在暗黑中移動。
什麼事也沒發生。
我望著手錶，已經六分鐘，中間打了兩個呵欠。
膠捲真是名副其實的無聊。

但從過程中還是能夠啟發一些什麼，譬如說，我覺得自己是物體，正在進行遙長的移動。簡直就像孤獨靈魂在宇宙中漫長移動的翻版。

突然間，畫面竄出兩道影子，發出鬼祟的笑聲。

「數字是十七。」

「名單確定嗎？」

「這個數字不會錯。」

「嘻嘻嘻嘻嘻。」

「喀喀。」

「動作吧。」

我聽著聲音。再次注意畫面時，物體已經消失，我倒抽一口氣，轉頭望向放映室。他已經睡著了。我走進放映室，叫醒他，要求他再重複剛剛那段畫面。

「從哪裡開始？」

「聲音出現開始。大約七分三十六秒的時候。」

「發生什麼事？」

「不見了。」

畫面再次重播，我緊盯著物體，確定在七分三十六秒時，物體消失了。

我們互相對望。「這些畫面該不會跟最近的案子有關吧？」

「可能性很大。」

「現在怎麼辦？」他說：「交給警察？」

「但這是我的禮物，」我說：「外星生物送給我的。」

他皺著眉頭。「攸關人命耶。」

「我已經答應她要好好保存。」

「借給警方看沒關係啊。」

「不是那個問題。」

「你現在想什麼呢？」他已經聞到味道。

「跟你想的一樣。生活得有些改變。」我說：「這是一場冒險。」

他眼睛一亮。「確定嗎？」

「確定。」

「帶上我。」

我點點頭。「在這之前得先解決一件事。」

「什麼事？」

「宇宙吸引力的事。」

38

握緊拳頭，心底開始種紅豆，K咪將的臉浮上來了。

但事實是，我不知道該上哪找她。

我沒電話。沒住址。沒E-mail。

走下樓，關門，走上大街。

我經過紛擾的夜街，看見人們來來去去，忙碌著人生。

偶爾碰面了，彼此打個打招呼後，就那樣流過彼此。

人與人之間的關係遙不可及卻又令人分秒期待。這是什麼樣的心情呢？相守的愛侶、磨合中的戀人。看似幸福的他們，有珍惜那得來不易的情緣嗎？亦或只是短暫的寂寞激情？或速食化的戀愛模式？我不知道。腦中流過一堆無傷大雅的事。

宇宙那麼大，地球人這麼多，可是我想找的只有她，想念的也只有她，渴望說話的人只是她。找不到她，這一切沒有意義。

「喂！」突然有人大喊。我轉身。

「哇！這妳家樓下啊。」我強忍住思念，裝作不在意的說。

「不是啊。」她說：「我阿姨家。」

「天底下有這麼巧合的事？」

「這是第三次見面噢。」

她那樣一說，我更加確定彼此的心意。上次的夢境確實發生過，而且只有我們知道。

「對了，墨鏡男呢？」我想更加確定。

「去捷克度蜜月啦。」她說。

「咦？」我歪頭。

「新娘不是我。」她吐舌頭。

她說這句話時，帶著一種無所謂的口吻，彷彿墨鏡男不曾住進她心裡。

或許只是單方面的付出。

「你跳過雙人舞嗎？」我問。

「當然。」她掛上笑容。

「妳真的會跳嗎？」

「會啊。」她說：「我想跟你跳一場雙人舞。」

「能跟自己喜歡的人跳雙人舞是一件很幸福的事。」我說：「妳要跟我約會嗎？」

「好啊。什麼時候？」

「等我電話。」

她悶悶的說：「可是我有一股不好的預感。」

「怎麼了？」

「你即將去很遠的地方，是嗎？」

「我不知道是哪裡，但確實有必須解決的事。」

「是自己的事嗎？」

「不是。是攸關人命的事。也攸關白頭髮的事。」

「白頭髮？」

「你能想像一夕之間頭髮變白的感覺嗎？」

「不能。」

「我也不能。」

「所以呢？」

「等我回來。」

「回來之後，你還是我的圍牆情人嗎？」

「是啊。」

「萬一沒辦法回來呢？」

「妳來找我囉。」

我們兩個互相看進彼此，深深記住對方的臉龐。

深夜，我把膠卷裝進後背包，穿起紅色球鞋，走下樓。而熟人老早在那等著。

「解決了嗎？」

「ＯＫ。」

「你呢，沒有要處理的事或者想念的人？這一趟並不尋常。」

熟人搖搖頭。

「已經五年了，生活中沒有必須想念的人或者必須處理的事。」

「為什麼會這樣呢？」他又補充一句。我拍拍他的背。

「那麼有任何線索嗎？」我問。

「沒有。」

「關於時空的事，可以問一個人。」

「誰？」

「卓別林。」我堅定地說。

39

寫到這裡算是告一個段落，命運最後把我們繞在一起了。

在我心中，她是我的圍牆情人，我也是她的圍牆情人，雖然我們一找到彼此就要分離，但那之間卻有什麼東西正在萌芽。

她一住進我的心，我馬上感到舒適和安靜，雖然我們沒有多說什麼，但就是那樣了。只要彼此都在，什麼都沒關係了。

那種心靈契合不是其他人可以抵達的。

我願意為她卸除自己的防備，認認真真的愛上她，給她毫無保留的愛。

但是此刻，我還要離開，解決全人類的問題。

當然，我並不想當英雄。我只是對宇宙間的事感到好奇。畢竟時間跟空間這兩種問題，不，應該說統合為同一個問題。也就是生命的問題。宇宙間的問題。這件事比其他事還來得吸引我，而我只是順著自己的心。

我不知道自己即將捲進什麼事件，但我還是向前挺進了。

因為那是我生命中最大的疑問。

沒有解決這件事情，我的人生無法繼續前進。

當我開始意識到自己對熟人有責任時，那些曾經夢想過的景象已不再重要。幾年來，我不停跟時間賽跑，不斷追逐幻夢，以為自己真能闖出什麼名號。但事實是，我整天遊蕩、空想、浪費時間，最後淪為一個夾在現實與幻夢間的偏執夢遊者。我成天說空話，無視現實，既任性又墮落的關在幻夢中。那時我切斷各種朋友的聯繫，不理會外在的事，彷彿整個生命只為了進行一場華麗的邋鞦韆。

骨子裡的驕傲如此。

表面上的驕傲也如此。

我像一隻烏龜般，努力游泳，呼吸調適，再抬起頭時，卻發現身旁一個人也沒有。游多遠，游多深，經歷多少風景，這些事沒有人在乎。

人們活著只關注自己的事，到頭來大家都不說話了。

不知道該找誰說話。

不知道該聯絡誰。

不知道誰還在意自己。

活著沒有安全感。

拚命丟掉愛。
拚命找事做。
拚命撈住錢。
拚命花掉錢。
最後拚命絕望。
那段期間，我周遭所有人都這樣活著。我感到非常不可思議。
不過，說什麼也無濟於事。我自己的問題都解決不了，哪管得上別人的事。
當時我那樣認為。但我錯了。
生命給了我轉折。
我無法漠視一切。
那一天，我看見年輕熟人長滿白髮時，立刻意識到憂傷。時間的憂傷。必須活著的憂傷。擁著太多憂傷，我知道我必須愛眼前的他。我不能不愛。我不得不愛。
這種愛，包含了更寬容、更柔軟的東西。
生命帶來憂傷，同時也帶來愛。
總是這樣。
我不大能肯定，再回來這裡時，我是不是還能繼續寫下去。

畢竟有點錢，有能力照顧愛人，也是我很大的渴望。我想成為那種人。
而且時間不等人，我永遠記住這句話。
當然沒有錢的日子並不是一場噩夢，它讓我看清生命的本質。
我不是要追逐幻夢，而是更接近真實的自己。

隔天，我跨坐熟人的哈雷機車，背向他的背，往後觀看風景。
熟人以22 km/hr的速度前進，駛過城市邊緣。
忽然間，我覺得這樣背著看城市時，風景慢慢沿著兩旁不斷擴展開來，好像看到了自己過去的零零種種，瑣碎的、快樂的、憂傷的、煩惱的、痛苦的、失落的、傷害的，這一切的一切越來越清晰，彷彿所有的事情早已有了一條既定的風景，而我只是經過、留戀、然後離開……

—全文完—

搖擺河馬

「地球人的生活簡直是一本荒謬百科全書。」

「是啊。什麼也沒有改善。大家還是一樣。過一樣愚昧的生活。愛一樣傷害自己的人。然後一樣生，一樣死。」

「就像『搖擺河馬』一樣。」我忽然想到。

1

一月七日，禮拜三，天氣晴，我走在焦躁的街上，一位大眼睛的女孩走來問我，請問這裡是地球嗎？

我止住腳步，頭側揚三〇度，五秒後才轉向後方，並鎖緊視線，直直看進她的瞳孔。她的瞳孔擴張得不像話，因此我斷定這是搭訕，保持率性而不理性的態度，隨口敷衍了幾句。

「青蛙小姐，我是傘蜥蜴先生，在這裡碰上真是不巧，我現在無法回答妳的問題，不如妳留下電話，我替妳問問Yes!Man先生。明天這個地點這個時間這個美麗的相遇再重來一次好嗎？」

她皺了眉，歪著頭，點頭答應，然後轉身離開。

那天我正要去參加海飛茲的小提琴演奏會，並打算花一整天的時間在腦海反覆播放小提琴的聲音。剛剛那女孩一走，琴聲再度回來，十五分鐘後，我坐在一張票價六〇〇〇元的座位上，看著海飛茲拉著完美的琴弦，看著觀眾激烈的拍手。

有一度我覺得自己離開地球表面，身體隨著音符流動，忽然間我大吼大叫海飛茲，所有人的目光投射過來。全場九分驚訝，我自己則是十分驚訝，最後五名警衛硬生生把我從國家音樂廳拖出去。

誰也沒料到事情這樣發生。一直以來，我是遵守規則的好國民。

之後，我在附近的阿三攤位店喝了兩杯阿三咖啡、五根阿三熱狗、三塊阿三烤布丁。

一想到將要活在沒有海飛茲的年代，我難過得要死。

後來我根本不記得青蛙小姐的事。

關於這裡是不是地球的鬼問題。

2

普通女孩總是有很多問題。她們大多數的問題非常狹小。

我曾經有過一段認真回答女孩問題的歲月。那時我紀錄她們各種問題，在腦海搜尋資訊，並且努力回答她們，但她們總是一副漫不經心、無所謂的模樣。

最近一次是在二九九年的凌晨二五點，有一位認識五六〇〇年的蝴蝶袖肥胖女孩找我閒聊了三百個小時。

那時我們談到什麼呢？

噢，對，談到我每天固定到聯合公園曬太陽這件事。

「為什麼要特地到聯合公園呢？」

「在自家門口不能曬太陽嗎？」

「不，不一樣。每天在一定的時間走到一定的地點做例行性的事，不論陰天或雨天都必須走這一趟路。這是一種習慣，也是自我鍛鍊。這樣的重複與規律才能讓自己安心。」

「是嗎？」她一臉漫不經心。

說這麼多她究竟聽懂多少，我實在相當懷疑。上面和下面的東西她究竟看懂了多少，抵達了哪邊，我通通無法估量。因此每當她找我說話時，我額外謹慎，深怕一不小心，觸犯了什麼，畢竟女孩總是異常的敏感。

「那麼你覺得像我這麼懶惰的女孩，應該怎麼辦呢？」

「嗯……這個嘛，讓我來想想……」

「好啊，要認真想……」

我替她想了一些解決方案，好比說，透過簡單的小事來改善懶惰這個毛病，但後來她總是嗯嗯啊啊喔喔的隨口敷衍，沒多久問題又重新拋出來。

「到底該怎麼辦啊？」某天她再問，似乎相當困擾。同樣是關於懶惰的問題。

「沒關係啊。」我改口一說：「惰性改不了的話，漂亮就好了。」

「可是我不漂亮啊！」女孩一邊嘟著嘴，一邊皺著眉。「長相是天生的。」

「既不會太漂亮，但也不算太醜。那樣的話，」我說：「用別的特質去補足。譬如說，幽默一點，溫柔一點，善良一點，包容一點。」

「可是，」她說：「我是個既驕傲又任性霸道而且毫無幽默感的無聊女孩。」

「那樣的話，」我說：「如果繼續懶惰，往後會過得相當辛苦。」

「是啊。」她說：「有時想想，活著好麻煩，又要勤勞又要幽默又要溫柔善良，難道非得活那麼累嗎？」

「不一定啊。找到愛妳，妳也值得愛的人，負擔說不定可以稍微減輕噢。」

「希望如此。」

那之後她像是開竅般，找到了補足的方式。

她開始汲汲營營裝扮自己的外表，成為一個大眼睛假睫毛長頭髮的女孩。而這種女孩在地球上的這個國家的這個城市的這個街頭上大概占了所有女孩的七〇%，同等於地球的水含量比例。

最後她決定把自己推向大眾，跟著街頭流行走。再次看見她時，我幾乎認不出她了。她已經失去了原本純真的特質，變得庸俗，無法真心微笑。

不過那段時間，她獲得眾人的焦點，成為一個生活辛辣擁擠的麻辣鍋女孩。

全天下的男人都想釣她。

後來我獨處好長一段時間，沒再見她了。

每天我都在煩惱如何把粗糙的石頭削減成俱足美感與性靈的藝術品。但說實在的，那並不容易。刻出來的石雕毫無情感。作品也無法對話。而且我常常懷疑，自己真的活在地球上嗎？踩在穩固的地球上，為什麼生活如此搖晃不安呢？

而且我真的活著嗎？活在美麗的地球嗎？既然如此，為何周遭既失重又沒有踏實感呢。不管努力多少，得到多少，丟掉多少，失落多少，到頭來還是回到原點。

青蛙女孩的問題跟我的問題有異曲同工之處。

我們似乎對於所處的周遭相當懷疑模糊並且難以理解。

一想到此，我有些遺憾自己沒能留住她，因為她可能跟我有相同的生命狀態、相同的磁場、相同的話題。

我想，或許再相遇一次，她會成為我生命中擁有「特別問題」的女孩。

3

「請問這裡是地球嗎？」

第二次遇見她時，問題再次浮上來。那時我正陷入創作低潮，剛好出來走走。我不懂。世界那麼大，人潮那麼多，我卻偏偏在這個時間這個地點這個空間遇上她，而她這個氣質佳長相好又極具吸引力的雌性動物非得挑上我。

如果這次不是搭訕，那八成是單戀我。

一個女孩鼓起太大的勇氣，走了太長的路，等得卻是我的一個擦肩而過。

我態度冷淡，不大理會。一般而言，這類人通常另有目的，像是拉保險啊、捐錢義賣啊、色情詐騙啊。而她的臉讓我想起桃色誘惑。

我假裝嚴肅，咳嗽幾聲。「抱歉，不管這裡是不是地球，我都沒辦法回答妳。」

女孩那雙大眼睛瞪得直直，瞳孔不停對我放大。

「我知道。你沒辦法回答我。」她說：「但你要替我問問Yes!Man先生，不是嗎？」

「啊？」我突然想起來，的確有那麼一回事。

「上次聯絡Yes!Man先生已經收不到他的訊號，我們失聯了。」

「那怎麼辦？」她眼神發出光芒。

由於她的眼神實在太認真，我不好意思再敷衍，而且當時她似乎真有那麼一個問題。但我沒辦法回答她。怎麼敷衍也沒辦法。

「這裡是不是地球，對妳來說真的很重要嗎？」

她猛點頭。像真有那麼一回事。

「那得到答案後，又能怎麼樣呢？」

「關於這件事，我們需要坐下來聊一聊。」

哇！這樣的搭訕實在太厲害。我同意坐下來聊聊。也想進一步看她的把戲。想知道這種氣質佳又極具吸引力的女孩子玩得出哪種花樣。

當然我沒高興太早，萬一她是詐騙集團呢？

我還在沉思，但身體已經跟著她走進一條又一條的暗巷。

店內牆上排列風景畫，空間十分擁擠，聽得見廚房燒菜的聲音，三名歐巴桑忙進忙出。她領我到角落坐下，掏出點菜單，在牛肉麵那一格畫上，然後推給我，走向廁所。

中午十一點，我對面坐著小眼睛長頭髮厚嘴唇的胖女孩，她吃了一盤地瓜葉和一碗蛋花湯。那樣的身材卻吃得太少，於是我斷定此人正在宇宙間進行一項減輕地球負荷的環保計畫。

然後走來了，相當唐突，我有些驚訝，一位戴墨鏡拉著紅色行李箱穿著銀灰色慢跑鞋的女孩靠近，坐在距離我三點鐘的方向。她給我的感覺像是偵探，不像單純來吃飯的客人。

一時之間，我有些恍惚，超越理性的東西出現了。

青蛙女孩走回來。我決定吃十顆牛肉水餃配上酸辣湯。

她從背包中掏出紅色皮夾，遞給我一百塊。在這之間，我有兩種考量，一方面是我正在失業，不能隨便花錢；另一方面是東方兩千年來傳統的教育，也就是面子的問題。

「這點小錢請讓我付，」我說：「更何況我買的是一塊美麗的風景。」

她沒多說話，退了下去，這種時候她不該多話的，於是我走到櫃台結帳。

回來後，我直接切入話題。

「怎麼了？妳真的想知道這裡是不是地球？」

「嗯。」

「為什麼問我？」

「因為你是第一個正眼看我的人。」

「正眼？」我相當懷疑，其他人的眼睛難道是歪的？

「認、真、看、待、我、問、題、的、人。」

她正在說話時，身旁的客人行動刻意緩慢，我直覺自己正被觀察、調查和偷窺。我不反對他們關注自己，畢竟過去一萬多個活著的日子中，我未曾被如此對待，還不大習慣。

「認真看待一件事有時候是種很大的麻煩。」我隨口說說。

仔細回想，我並沒有認真看待此事，只是推給Yes!Man先生，假裝沒事。我對她相當敷衍，可是她卻說得真誠，像是有那麼一回事。奇怪，有些奇怪。

這是標準的詐騙手法，先禮後兵，天花亂墜。

我一聞到這種味道，立刻保持警戒。

最好保持理智，別被美麗沖昏頭。

此時，歐巴桑端來牛肉麵和牛肉水餃。我一邊漫不經心的吃著，一邊看著她油膩的嘴唇，轉往十一點鐘的方向。

事情出乎我預料，胖女孩並沒有進行宇宙間的環保計畫，後來陸續吃了牛肉麵、玉米濃湯、蘿蔔湯、三盤豆干以及三十顆高麗菜水餃。

一張狹窄的桌面放著好幾個清空的盤子。我想像她是宇宙間的食客，只是為了挖掘地球上的美食而做的一種不環保差勁行動。

但從另一個角度看去，我想食客一定對地球情有獨鍾，否則不會犧牲自己的形象來平衡地球的重量。這麼一想，我開始認真看待每一位待在本店的客人。

然而，眼前的這位青蛙小姐呢？

她咳嗽三聲，試圖引起我注意。

「我是Ｕｍｍ星球上的人，也就是地球所說的外星人。」

聽到這種事，我習以為常，周遭充斥這類的事情。如果不是ＳＦ小說看太多，那一定是沉溺好萊塢電影。女孩是科幻迷。

「嗯，」我說：「如果你是外星人，我就是傘蜥蜴先生。」

「我是真的外星人。」

「我是真的傘蜥蜴先生。」

「不，你不是。其實，」她用力吸麵條，然後說：「你也是外星人。」

我噴出蛋花湯，濺得她滿臉蛋花湯。但她沒有發脾氣，只是抽幾張衛生紙往臉上擦拭。

「抱歉，」我說：「真的很抱歉。」

我抬頭一看，她白皙的臉上沒有妝容，因此也沒有褪妝的困擾。這時我想到蝴蝶袖肥胖女孩，如果當時的情況換作是她，一定會馬上翻臉走人。

「妳說……我也是外星人？」

「嗯。」她說：「對別的星球來說，你也是外星人。」

我恍然大悟。她的思想真是寬廣。

「嗯。」

「地球人並不清楚自己也是外星人。」她點頭。重重地點著頭。

「啊？」

這女孩幻想得相當嚴重，難不成真把自己當外星人。太怪了。

「這裡是地球嗎？」她又說了一次。

我攤攤手，眼光放往遠處，她的身影開始模糊。

這裡是不是地球這件事我一點也沒辦法確定。所謂地球究竟是什麼東西。地球這個名詞又是從何時開始被人類稱呼呢？在沒有語言之前，這個地方又是如何被稱呼呢。可能在幾千萬年前，她並不叫地球，而叫「呼啦啦」或「啦啦啦」。

當然那麼久遠的事，誰也無法斷定，因此我把目光拉回眼前的牛肉水餃。

「我真的無法確定這裡是不是地球。」我說：「我生病了，患了一種『靈魂衝浪』的毛病。」

「嗯。」她話少得可憐。

「這是一種不知道自己身處何處，不知道活著有何意義，不知道自己在做什麼、應該做什麼、不應該做什麼，甚至常常跟著海浪發瘋的病。」

「嗯。」可能她只會使用這句應答語。

「海浪是我的情緒。我克制不住情緒。」

「我常常想開車撞電影院。」我說：「像我這樣的人常常有幻覺，我不能確定這裡是不是地球。」

我套用亞里．亞里書上的一段話，原封不動的告訴她。那是一本有趣的小說，名叫《母雞不想下蛋，想要愛愛和好多錢》。

「嗯。」她點頭。

我沒話說了。不需要跟她說太多。跟外星人能真正談上什麼深度嗎？

她忽然喝了一口我的蛋花湯，然後又說：「這跟我上次抵達地球時的感覺不同。」

「感覺不同？」

「嗯。」她說：「所以才要確認這裡是不是地球。」

我錯了。她或許是個有深度的外星女孩，因此才要確認這種無聊的事。

世界上所有具備深度的問題皆來自無聊的哲學家。這是相對的。

「可是要如何確認這裡是不是地球？」

「水，透過水來知道。」

「啊？」

「這個涉及宇宙間的祕密，我不方便多說。」她說：「總之，多打幾通電話給Yes!Man

先生。」

「現在打吧，多打幾通就會聯繫上了。」

「可是我身上沒有他的電話。」

「我們回你家，好嗎？」

她這樣一說，手碰著我的手，突然溫柔。

我無所謂。

我無所謂了。

說真的。

如果她是我夢想中的女孩子，那麼根據靈魂在宇宙中漫長移動的孤獨程度，我會百分之百愛上她，喜歡她，對她產生一股強烈的好感。

可是實在太快。迷戀上一個人的速度比吃完一碗牛肉麵的速度還快。

我已經等不及與她獨處，與她在黑夜來臨時相互共鳴，而她此刻還太慢，保持一種慢吞吞的態度，無所謂的吃著牛肉麵。

4

討人厭的肥貓堵住門口。我趕走貓，貓不走，一股要咬人的模樣，直到我抽出鑰匙，打開紅色鐵門，貓才一副無聊的離開。

一個正常的女孩見到貓，勢必露出喜愛的表情，但她完全沒有，反倒對著無聊的門牌號碼，露出好奇的模樣。她真是外星人。

東區華美街六九六號不是什麼值得一提的住所，只是這城市這角落的某一個洞穴，家具與髒亂程度與成千上萬個房屋一樣，至於還有什麼能提供辨認的話，那就是我門上的瑪麗蓮夢露海報。

這張海報代表了一種深層的渴望。每個男人都渴望像她那般性感的女人。我也是。

打開門。開燈。我請她坐在客廳沙發上。我走進房間，找出電話號碼，接著開始撥號。幾秒後，我聽見電話嘟嘟嘟的聲音……

「呱呱——呱呱呱——」

「呱呱——呱呱呱——」

「喂！」我大喊。「是我。」

我並不驚訝，跟科學家當朋友，隨時要接受瘋狂。

「喂！有個女孩想問你，」我摀住耳朵，那邊實在太吵。「請問這裡是不是地球？請問這裡是不是地球。是外星人啊。外星人啊。」

「呱呱呱呱。」他想正確表達，不過他本人似乎在另一個世界，還沒回來。

Yes!Man先生不是什麼了不得的電影人物，而是業餘研究五十一區的好夥伴。他的正常研究項目是掃描型地下溫水探測機。那是一台毫無價值的機器。

「＃＃三五——nn——nn七——九〇＃——＃五——二。」

「什麼！」我難以忍受。

「＃＃三五——nn——nn七——九〇＃——＃五——二。」

「＃＃三五——nn——nn七——九〇＃——＃五——二。」

他的腦袋訊號跳到別的地方。我不懂這是什麼，聽起來像一組號碼。

「喂！喂喂！快回來！中文！」我這樣一說，他才終於清醒。

「等等等——等等等——我我——我我見——面。呱——呱呱呱——呱——呱。」一說完，電話便掛斷了。那種感覺並不像自願掛斷的，而是被什麼東西拖住而掛斷的。

這世界上什麼都有可能發生，我必須保持理智。

「還要再等是嗎？」她站在門口，皺著眉頭說：「可是我快沒時間了。」

「我不能確定他什麼時候過來。」
「嗯。」她說：「力量越來越大，再不快點的話，或許這邊會爆炸。」
「啊？宇宙大爆炸？」
「現在還不想說。」她羞澀的低著頭。
面對她的反應，我的腦袋幾乎一片空白，接著她環視我的房間。
「今晚我睡在你房間。」她一說完，眼睛看著我。
我無所謂。
我已經無所謂了。
她想怎麼樣都沒關係。
電風扇吹著她的髮。髮微微吹上我的臉。強光射進地板。影子壓出寂寞。
我不知道兩個外星人靠在一起，原來這麼寂寞。
我們坐在沙發上，一邊肩並肩手握手，一邊聽著海飛茲的音樂。中間兩人還一度睡著。那一個小時是我在地球上最接近她的時刻。一個小時過後，她離我越來越遠，不安和寒冷開始找上我。

他來了。落日前，他來了。

但整個人髒得不像話。凌亂的鳥巢頭。白袍衣以及番茄醬漬。

八百年沒洗澡了吧，我猜。

不過他究竟是怎麼進來呢？門既沒開的痕跡，也沒聽見腳步聲。

手上戴著白手套，一邊計算著數字一邊喃喃自語。他那一雙細長的眼睛噴張熱情，所有的家具彷彿燒了起來。

青蛙女孩瞪大眼睛。

「是水。」Yes!Man先生突然這樣說。

「是水的問題。」

我起身倒了三杯水，自己喝了一杯，然後再倒一杯水，擺在桌上。

還來不及聽懂，事情也沒有前因後果，他們迅速進入對話。

「我知道是水的問題，但這裡並不太像地球，所以才要一直確認，因為上次來的時候，印象中有好多水。幾乎淹滿城市。大樓啊招牌啊，全都淹水了。」

Yes!Man先生閉上眼，陷入思考。

「……記得上次什麼時候來嗎？」

「忘記了，所以才麻煩。」

「我可以肯定的告訴妳，這裡確實是地球，外星女孩，現在妳知道了，」他說：「不過這是宇宙中的一項計畫嗎？」

「這是我的私事，與宇宙計畫無關。」她一說完，羞赧的低下頭，偶爾望著我。

我不懂了。這難道又是另一種詐騙。是宇宙中的詐騙集團。擄人做實驗不成，乾脆讓地球人自願離開地球的那種。亦或宇宙改了條文，現在不能隨便擄人做實驗。

這一切，宇宙的一切，我一無所知。好茫然。

「方便透露一下，外星人來到地球上的任務嗎？」Yes!Man先生說。

「據點。」她眼神閃爍了一下，我直覺她在說謊。

剛剛她在說謊。那並不是真的。但Yes!Man先生不管誰說謊，他一向直來直往，沒有人際交往的技巧或防範。他總是一顆真心投入，認真的解決別人的問題，就連外星人也不例外。

「外星人在地球上設置的據點？」他發出強烈的好奇心。

她點點頭。「想拿回一樣東西，但找不到那個地方。回去後，腦子被強力棒洗掉，只剩下一些記憶。」

「還記得別的事嗎？」

「雨一直下。」她說：「我只聽見雨聲。」

「雨呢，怎麼下？」他說：「是直直下、斜斜下、淅瀝淅瀝的下、嘩啦嘩啦的下還是啪啪啪啪的下呢。時間呢？大概多久？雨淹過水溝嗎？」

「忘記了，我只記得後來雨淹沒我的耳朵，然後全身都濕了，眼前什麼也看不見。我不知道我在哪裡，我好像在移動……我不記得其他事了。」

「下雨前有沒有聽見別的聲音？」

「唔……沒有聲音，但感覺又悶又熱。」

Yes!Man先生與青蛙小姐落入各自的世界。我好渴，開始喝水。

答案並不難，但他們把問題想得很難，畢竟一個是外星人，一個是脫離現實的地球人。比起他們，我平時看電視也上圖書館和電影院，緊抓著社會脈絡，還算半個正常人。

「應該是季節性颱風。」我說。

「季節性颱風？」他不可思議的瞪著我，畢竟他滿腦子想著艱澀的核彈學問與宇宙計畫。他抓著鳥巢頭，然後說：「這種事我不知道。這種無聊的事，我怎麼可能知道呢。」

他突然很生氣。答案不該太簡單。

「或許不是雨，」他說：「是外星人在半夜發送的放射線。」

「那確實是雨。」青蛙女孩說。

他開始晃頭晃腦，神情焦慮，走來走去，然後又說：「妳真的知道雨是什麼東西嗎？」

他這樣一說，連我也開始納悶。雨究竟是什麼東西？以藝術性、文學性、科學性而言，他們分別有各種解釋，但以一個普通人而言——雨，就是從天上飄下來，造成大家麻煩又不會說抱歉的水。

「是了啊，」他說：「不一定是雨。一定是太空計畫中散播的飛蟲介質。」

「什麼？」我瞪大眼睛。

此時，他站在瑪麗蓮夢露的海報前發呆。

「是雨。確定是雨。」她說：「我得知道下在哪裡。」

啊！他突然大叫一聲，似乎想到什麼事，一轉身直接衝往門口，離開了。

青娃女孩一臉困惑。家中的物品表現沉默。牆上海報的瑪麗蓮夢露依然微笑。

「沒什麼，他常常這樣，」我說：「他對我們失去耐性了。」

「為什麼？」

「我們太慢了。」

「他的腦袋已經想到一萬年後的事了。」

「一萬年後會有什麼事？」

「地球人搬到火星上後，還想吃馬鈴薯的事。」

「這種事不需要他擔心。」她堅定的說。

「沒辦法，他總得擔心什麼事。地球人都這樣。」

她露出納悶的表情。

夜晚，她花了三小時，看著泡泡哥綜藝節目發笑。她是笑點很低的外星人。泡泡哥綜藝節目是給等死的老人看的。

5

她輕輕地睡著，彷彿隨時會消失。我不想失去她，看著她的嘴唇，心想只要深情一吻，她就會成為半個地球人，為我留下來。可是我沒有那麼做。

那天沒有月光，但我看得相當清楚。一層白白朦朧的透明絲體罩在她的外層。我並不清楚那是什麼，畢竟宇宙的事，我一無所知。

試著撥開絲體，但絲體竟然開始往身上游移。再這樣下去，我也會變成她星球上的人，畢竟那之間有一股強大的力量，於是我趕緊抽離。

看著她熟睡的臉孔，我真想吻她。我真想吻她。

一股存在宇宙間致命的吸引力使我全身衝動，開始靈魂衝浪。

但這時，該死的手機震動了。半夜兩點會打來的只有蝴蝶袖肥胖女孩。她從不覺得這是打擾，她總是想到就做，不顧後果。這樣的情況發生好多次了。我們的生活習性完全不同：我是個早睡早起的人，她則是那種半夜泡在夜店經常睡不著吃不下哭到快要喘不過氣的人。

雖然還沒睡，但此刻不想說話。人總是有很多不想說話的時候。

之後震動停了。約莫有五秒，手機又開始震動了。

沒辦法，再這樣下去，今晚一定會收到七〇〇萬通未接來電。

「喂。」

「最近過得如何？」

「我？」我說：「過得去。」

微微聽得到鼻涕聲。還有夾雜的鼻音。

「妳在哭嗎？」

「……」她沉默了有三秒，然後說：「等我一下。我等一下打給你。」

電話掛斷。在這之間，我認真盯著手機，等了三分鐘，手機再度震動。

「你醒了嗎？」她說。

「嗯。」

「那你現在可以馬上過來嗎？」

「現在？」

「海邊的便利商店。」

「我買了很多宵夜，一起過來吃。還有啤酒。」

「可是……」我正要說。電話已經掛斷。

我茫然的看著青蛙女孩的臉。想留下來，但不行。這邊是我喜歡的女孩，那邊則是我喜歡的朋友，而現在朋友遇到困難，我不能只顧著自己。

我站起身，穿著防風外套，走下樓。

從這裡到海邊的便利商店要四十分鐘。

在這期間，我必須考慮兩件事，一件事是油錢，另一件事則是我的健康。我似乎總是扮演這種角色，也就是耗損自己的人生來填補別人的生命。像乞丐王子之類的角色。

或許跟性格有關。我無法只專注自己而看不見他人的脆弱。

她一定在哭。可能跟男朋友分手。可能跟朋友吵架。或者遭受不公平對待的事。她不是那種半夜沒事會隨便打電話給別人的女孩。她此刻正在經歷難過的事。

說到底，我還是心疼她的。畢竟她是我朋友。算得上我懂她，她並不懂我的那種朋友。

我抵達時，她的眼睛已經腫成一大半，桌上堆滿衛生紙，其中也有宵夜。她隨意散放，把便利商店當成她家，就連店員也十分困擾。

怎麼會有一個又傷心又厚臉皮的女孩。

好久沒見到她，她已經瘦了太多，瘦到看不見肥胖的蝴蝶袖，整個人顯得輕脆，彷彿只要再隨便一擊，她就會徹底碎裂。

哭得妝花了，像瘋婆子。我一句話也沒說。

她從一團混亂中，抽出豆漿，遞給我。也找出油條。那油條從一堆鼻涕衛生紙中抽出來。她根本沒有意識到這件事。

「吃吧。」她異常冷靜的說。

「我不餓，只是有些渴。」我喝了幾口豆漿。

「發生了一些事。」

「嗯。說吧。」

她深吸一口氣，緩緩吐出：「你知道這段日子我交往過幾個男生嗎？」

「有一打那麼多吧。」

「八個。」

「那也驚為天人，我和妳才半年不見。」

「因為你說過，找一個人愛可以減輕負擔，所以才那麼努力啊。」

「出了什麼問題嗎？」

「每一次都是真心付出，但是每次都失敗。」

「為什麼失敗？」

「是誰不夠好呢？」
「不是這個問題。」
「劈腿？」
她搖頭。
「個性不合？」
她搖搖頭。
空氣中夾雜著廣播的流行情歌，歌詞撕裂，充滿著傷心，一聽都是好多疲憊。
「怎麼回事？」我柔聲的問。
她深吸一口氣。「是我自己的問題。是詛咒。」
「什麼問題？」
她深深地嘆氣。「每次都愛上同樣喜歡男人的男人。」
「啊。」我聽了有些震驚，頓時啞口無言。誰聽到這種事，接得住話。
「八個？」我說：「八個全是嗎？」
「沒錯，」她勉強的笑。「機率百分百。」
「妳真是……」我停頓一下又說：「特殊才能。」
「我同意，」她頗為難的說：「但為什麼是我？」

「這種事我頭一次聽到。」

「一連碰到七個同樣的男人，」她說：「我當然也有不甘心的時候，於是我想再找一個吧。找一個有婚之夫試試看，說不定就能解決我身上的問題。結果還是一樣。那個有婚之夫結婚只是為了掩飾自己，因為他是一間大企業的高階主管。」

「掩飾、遮蔽、逃離、偽裝、說謊，全人類都會做的事。如果是我的話，我也會那麼做。為了保護自己和心愛的人，必要時採取的措施。」

「我只想要一個完全屬於自己的男人，而我也完全屬於他的女人。這麼簡單的事，一切變得去他媽的困難，變得去他媽的複雜。」

「其他一般的男人呢？」

「沒感覺。沒有愛。愛不進去。這就是最大的問題。」她說：「我當然也嘗試過，但不想騙自己。」

我苦笑，不知如何回答。

「那麼追妳的男孩子呢？」

「不行！」她說：「追我的實在沒有勁。」

「這麼說確實是妳自己的問題。」

「這種感覺就像喜歡上外星人一樣。」她話一出，我心裡揪了一下。

現下我該告訴她嗎？

我在見面不到二十四小時內，迅速迷戀上一位外星人。我跟她並沒有感情的基礎，我喜歡的是她美麗的外貌、溫柔的聲音以及睡覺時可愛的模樣。

說到底，我是視覺動物，不是感性動物。

她的淚水啪噠啪噠掉下來，而我卻說不出一句好聽的話。我拍拍她的背，摟住她的身子，讓她靠在我的胸口，任由她的眼淚淋濕我的心。

這個世界上除了我，沒有人可以讓她這麼依賴。而這種依賴包含了極大的安全感。我跟她經歷過很多事情，有很深的感情基礎，不會背棄彼此。

時間過了半小時。中間她一度睡著了。哭醒時，我人還在。

她哽咽地說：「數到十就不再哭。」

這件事並不戲劇化，我已經習慣了，每次她都這麼做。

不知道為什麼，每次她那樣數的同時，我真懷疑悲傷是否真能這樣帶走。但就像每次一樣，她數到十後，又恢復了以往的笑容，不曉得傷心是否已經隨著數字流逝。如果全世界的悲傷能像她那樣處理該有多好。不過這只是她個人的儀式，並非全球適用。

「好了，我把祕密丟給你，你把歡樂還給我。」一說完，她輕拍我一下。

「嗯。沒事就好。」

「沒事就好？」她反問。

「欸，」她說：「為什麼你好像沒有煩惱呢？沒有傷心的事嗎？」

我聳聳肩。「就是這樣啊。」

「男人的抗壓性比較強嗎？」

「不曉得。或許是每天走到聯合公園曬太陽，陽光把大部分的悲傷沖走了。」

「是嗎？」

「誰知道。」

凌晨四點，我載著她一路騎過沿海，船隻隱沒在大霧中，依稀可見海上閃爍的紅光。

淡淡的海味隨著風飄來，我忽然想起前年的新聞。

6

抽屜中拿出剪報，丟給青娃女孩。

她說她看不懂，我大聲朗誦，念了其中的片段。這是一篇差強人意的報導文章，但仍有可讀之處。

瑪艾區的廣場上有一群人。

他們默不作聲，自己來自己走，不曾生也不曾死。不仔細看的話，你會覺得每張臉長得十分相似，沒有顯眼的特徵。

即使試圖捕捉影像，那只是浮出黑炭般的印象罷了。

偶爾，時鐘掉了差，某個小女孩停下來問：為什麼他們要在那裡睡覺呢？

不知道。他們究竟是從哪裡冒出來，又是何時從世上消失呢。沒有人想過這點。這麼發達的城市，為什麼還有這麼多人受飢、貧困呢。

誰也沒辦法解答。

大人們除了說，走了！走了！還能回答什麼呢。

這似乎是新時代的問候語，走了！走了！
整件事就是從這群遊民開始。

那個清晨，遊民像往常般，一邊守著廣場，一邊呼呼大睡。
接著不尋常的事情發生了。在七月七日的七點整，有七個遊民同時醒來。這在過去
發生的機率是零，而那天卻發生了。
七，這個數字令人費解。為什麼是七。為什麼非得是七。眾人相當困惑。
總之，七位遊民醒來時，巨鯨已經在那裡了。
他們不曉得巨鯨究竟從哪裡來、如何來、為何而來，只知道巨鯨就是來了。
當天遊民開心得不得了，滿腦子想著巨鯨怎麼吃、如何調味以及能吃多久。
他們開心得不得了。
開心得不得了。

沒多久記者來了，問了遊民幾個問題。
遊民同樣開心地不得了，大喊，走了！走了！
走了，走了。大家想著。究竟是什麼走了呢？

之後他們開始採訪遊民，想知道究竟是什麼走了。來採訪的大多是哲學系教授。雙方的訪談進行了一小時，一邊想談論不是吃的問題，而另一邊只想談吃的問題，最後大家不歡而散。

除了吃的問題，還有什麼好談呢？遊民表示。

這次的訪談後來被剪成一分鐘的新聞報導。這是二十四小時內發生的事。

這段期間，大家議論紛紛，有些人認為他們看見外星人。有些人以為是超人。或地獄怪客。或恐怖分子。或炸彈客。

總之，談的人很多，霧裡看花的人更多，究竟在搞什麼？沒人明白。

隔天早上，一位神父對此事鄭重發表宣言。

AM 07:23。

知名神父馬魯森認為這是一種希望。

神將巨鯨帶來了，然後走了。遊民們見到神降臨，帶來諾亞方舟，考察完地球走了。因此神父瑪魯森預言，神的兒子將抵達地球，帶領全人類脫離苦難之海，航向美好的天堂，……

他說，神來了，船有了，神的兒子也即將抵達，未來充滿無限光明。

AM 08:11

美國知名學者英爾蓋駁斥這個說法。

他說如果神可以把巨鯨帶到廣場上，那麼神為什麼不直接讓幸福降臨人間，非得要派祂的兒子，帶大家坐上該死的船，抵達該死的天堂，才能得到永生的快樂，……

AM 10:56

宣傳「好好笑廣告公司」代言人「好好笑女孩」說了一句令全世界引人省思的話。

她說，這一生沒快樂幾次，她不相信永生能有多快樂。

PM 12:05

快樂？真是好好笑，搞笑藝人差勁姐說了很差勁的話。

……

……

……

瑪艾區記者鳳梨優酪乳撰文報導

我喝了一口牛奶。我們正在吃早餐。

「巨鯨就在廣場上，很壯觀吧。」

「後來巨鯨怎麼辦呢？」她吃著蕎麥麵包，嘴巴沾著牛奶。

「新聞沒提到，記者總是搞錯重點。」

「但跟我有什麼關係呢？」

「……後來一位小說家跳出來表示，前一天整座城市淹水了，海水倒灌，他不知道有沒有人發現。不過當時有人說他神智不清，也有人說他瘋了。

我想，那名小說家說的話或許可信。畢竟巨鯨從天上掉下來這件事說不定是新聞那些傢伙搞的。旅遊業勾搭新聞業之類的觀光炒作。」

「是嗎？」

「只是猜測。」

沒理她，我繼續說：「隔天，遊民不曉得從哪裡拖來棺材，大家又開始討論了。真傷腦筋啊，究竟是要坐上巨鯨回到天堂？還是繼續待在棺材做夢？」

「什麼意思？」她皺著眉頭。

「那邊的人喜歡鬼扯。」

「怎麼說？」

「那邊的年輕人喜歡空想。就是這樣。」

「嗯。」她轉著眼睛。「我不大懂地球人的區域分塊。」

「環境造成的。」

「咦？」她說：「那這邊的人呢？」

「這邊的年輕人想找性伴侶。」我說。

「性伴侶。」

她猶疑了五秒鐘，然後又說：「Yes!Man先生不是吧？」

「他不一樣。他的那種是無性伴侶。他常常跟他的研究做愛。」

「什麼是做愛？」

這個問題相當尷尬。美好的早晨，一個美麗的外星人女孩問我什麼是做愛。我還不知道怎麼回答。

「兩個人很親密地讓對方產生強烈的快樂。」

「就像說笑話那樣嗎？」

「嗯。或許吧。」

「地球人這麼需要快樂嗎？」

「嗯。」我用力的點頭。

她把牛奶喝光，蕎麥麵包吃到一半。

「好了，太多廢話了，我不想浪費今天。我們得到一八九公里的地方。」

「哪裡？」

「瑪艾區，」我說：「全城淹水。這是唯一的線索。」

「小說家的話可信嗎？」

「難道我們要相信記者的話嗎？」

她不懂地球這個地方。

我們上車，花了九〇〇塊。時程約三個小時。

我們漫無目的聊天。平時我不會向其他人聊自己的工作，但不知為何，我有一股衝動，想把在地球上遭遇困難的事告訴她。

「雕刻藝術家。」我說：「但不管怎麼刻，呈現出來的東西毫無感情。」

「藝術家？」她相當納悶。

「嗯。」

「事情不太順利。一年之中，有很多餓肚子的時候，」我說：「而且常常想的不如預期。作品無法依照自己身體想要的方向扭動。腦袋常常抽筋。二十四小時只想著作品。連做夢也會夢到。這簡直是一種詛咒，生活完全無法放鬆。看過去的視野全變成材料，腦袋轉個不停，想休息也不行。」

「嗯。」

「偶爾會有那種無助沮喪的時候，但沒人幫忙。大家都很忙。所以就到Yes!Man先生的研究室跟他隨便聊天，」我停頓一會，又說：「只有跟他聊天才是真正的放鬆，因為那傢伙完全脫離現實，跟他聊天很快樂。」

「嗯。」

「為什麼還要繼續呢？我常常問自己。但只要一想到放棄這邊，到那邊去吧，心理就開始惶恐，吃不下睡不著。光是一個放棄的小念頭出現，整個人就開始不舒服。那真是一個詛咒。平常人為什麼能夠過得那麼輕鬆，而自己卻得背負像十字架般的東西活下去呢。沒人可以解釋。」

「嗯。」

「所以我是傘蜥蜴先生。」我試著這樣開玩笑。

「嗯。」

「努力張大嘴巴，嚇走敵人。」
「嗯。」
她似乎不明瞭這是個隱喻。而且我再也受不了。必須教導她地球人的應答法。她可以說好，明白，懂了，知道了，原來如此，太神奇了，太棒了。
我教完她，她轉著兩顆大眼睛，點了兩下頭。
「傘蜥蜴先生，我可以向你解釋。」
「什麼？」
「詛咒的事。」
「宇宙根據每個人所發出的訊息，牽動力量，進而產生結果。」
「可是我從來沒有發出訊息。」
「在過去、現在和未來的某一刻曾經發過類似的訊息，所以力量才這麼大。」
「我做了什麼嗎？在過去、現在和未來的某一刻？」我說：「未來的某一刻會在現在實現嗎？」
「你這樣問是很地球人的思維，」她說：「宇宙極其複雜，就像河馬大便時會甩尾巴一樣。」
「什麼意思？」

「毫無道理，我稱之為『搖擺河馬』。」

「那麼我究竟發出什麼訊息？」

「誰知道。」她說：「所有事物都跟「搖擺河馬」一樣。」

她舉這個例子實在令人難以理解，但地球上有什麼事可以確切的理解嗎？明白這一點後，我開始學習她的思考方式。

「就連我遇上妳也是嗎？」我說：「遇上外星人，得幫助外星人這件事。」

「我們都包含在宇宙計畫中，沒什麼好擔心。」

她的話語相當堅定。那種堅定在我心中鑿了一個洞，彷彿多年來的疑問終於找到出口。我開始隨意動著手指，就像「搖擺河馬」那樣。

「有機會可以帶你到邊緣看一看。」

「邊緣？」

「宇宙邊緣。」她說：「但得等通知。」

「可以嗎？」

「只要你想，」她說：「沒什麼不行的。」

我微微點頭。很想去。忽然我睡著了，醒來時她還在身邊。只過了一分鐘，但自己剛剛抵達了非常遙遠的地方，發生了很多事。我敲敲腦袋，還在思索。

「對了，」我說：「那邊的外星人也吃爆米花看電影嗎？」

她睜大眼睛。

「沒什麼，隨口問問。」

「知道電影，但不知道爆米花。」她說。「地球人的電影太慢了。」

「太慢？」

「地球人太慢了。」

「我們的想像力比地球高上五〇〇萬倍。」她說：「只要透過想像，就可以直接產生畫面。我們那邊叫做角力。用角力娛樂自己。不娛樂別人。」

「意思是導演、編劇、觀眾都是同一個人，是這個意思嗎？」我說：「也就是不用花很多錢，想很多創意，搞很多人際關係就能產出一部電影，是嗎？」

「嗯。沒那種時間，花上一年，只做一件事，拍一部電影。所以才說地球人太慢，已經落後了。宇宙中存在著更有趣的事。地球人的電影太無聊了。」

「確實很無聊。多數的觀眾全是一些生活無聊的人。他們看電影是因為沒事幹，約會沒地方去，生命沒有夢想。」

「不過，自己玩角力是很瘋狂的。」她說。

「我可以理解。」

「我們那邊每一個人都會角力，但地球人缺乏這些，只能看別人的角力。很可憐。其實這是每個人與生俱來的本能。大多數人遺忘了。地球人只想要錢，而你是屬於不那麼想要錢的地球人，所以我才會挑上你。」

「原來事情是這樣。」

中間我們沉默了一分鐘。

我搔搔頭。「我想到一則故事，想聽嗎？」

「好。」

「有一天，你醒來，發現自己的生活被外星人操弄，你努力告訴別人這件事，但所有人都不相信你，被當成玩笑。你在街上大喊，為什麼是我？為什麼是我？但沒人回答你。從此你的生活就是這樣了。」

「這也是很地球人的思維。」她說：「卡夫卡式的嘲弄。其實卡夫卡是個非常苦悶無聊的人。如果他活在這個年代，或許只是個嗑午夜場電影的無聊男子，不會成為卡夫卡。是時代。時代找上他了。」

「我不能接受這套說法。」我說：「卡夫卡令人疼痛，不是那麼無情的東西。」

「我這麼說好了，」她說：「傘蜥蜴先生，我發現你被困住了，你被地球困住了，你知道嗎？一萬年之後，地球表面只會舖滿宣揚『活得更好』的傳單，不會記得卡夫卡。」

「好吧好吧。」我同意她。我確實被困住了。

站在這個時代位置，就連我也沒翻過四百年前的哈姆雷特，那究竟是什麼東西？比起哈姆雷特，哈瓦娜冰淇淋更吸引我。

「不管如何，站在廣大的宇宙面前，我們全都黯淡無光。」她說：「而且我們永遠跳脫不出宇宙計畫。除非創辦者決定給你一張ＶＩＰ，讓你無拘無束，遨遊宇宙，超越時空，沒有痛苦。」

我有些驚訝。

「像妳這樣的外星人，也會痛苦嗎？」

「這也是很地球人的思維。我們也有我們困難的地方。」

我沉沉地點頭，稍微懂得宇宙思維。同時車子也到了。三個小時過得這麼快嗎？我搞不清楚，但跟她相處，時光總是特別快。

剛剛我跟她進行了一場有意義的靈魂衝浪，這種靈魂上的愉悅跟一整天雕刻完的滿足程度不相上下。我已經很久沒遇上這種人。

謝謝宇宙計畫讓我們有這場對話。

7

這是一個極其平凡的公車轉運站，每天有四十四萬四千三百三十一個地球人經過、抵達、離開。在這個交通體系內工作，必須仰賴地球人移動而吃得起麥哈哈漢堡的人，大概不到五百人。而在這二十四小時之中，因為處理地球人移動所發生的不愉快痛苦焦慮，每一個小時大概增加了三十二件。

我左腳離開車站，右腳踏出大門，就在那一刻，事情發生了。

我慌張的看著周遭，表現得就像每個愚蠢的地球人一樣。

青蛙女孩什麼也沒說，什麼也沒做，快速越過大馬路，一路順暢的直走。

過去沒發生的事，現在卻發生在眼前。簡直不可思議。畢竟在這個以高科技、高密度、高文明的瑪艾區內，人們只會感到擁擠和呼吸困難。

而現在一個人也沒有，空氣如此清新。

我看著街角的巨型螢幕廣告。一分鐘後，我開口了。

「發生什麼事？」

「你們總是大驚小怪。大驚小怪。大驚小怪。」她說了三次，可見外星人對地球人的第一印象是地球人總是大驚小怪。

「到底發生什麼事？」我追問。

「這在宇宙間很正常。」

「啊？」

「你知道意外吧。」她說：「就像文件不小心沾到咖啡漬一樣。只是這份文件恰巧是關於一項宇宙計畫。而我們呢，現在就待在咖啡漬中。」

「啊？」

「你平常會對不小心沾到咖啡漬的文件大驚小怪嗎？」

「不會。」我搖搖頭。

我們走進地鐵站，穿過蟲洞狀般的真空隧道，並在一塊牆角處壓下按鈕。

突然間，兩邊的牆打開了。我們進去了。

白，第一個印象是白。這個空間擺著七台舊式電話亭，主要出產於一九五〇至二〇〇〇年間。這是電話亭博物館之類的空間。

她走進其中一處電話亭，投下零錢，按了號碼。我站在一旁，沒聽見她的談話，撥給誰，說什麼，或接下來該怎麼做，我通通不知道。只清楚自己被帶到一個奇異的空間。幾分鐘後，她出來了。

「怎麼了？挺奇怪的。」
「要報備。」
「報備什麼？」
「自己在哪、正在做什麼、安不安全。」
「啊？」我有些錯愕。
「地球人不會嗎？」
「只有必要時才做。」我說。
「不會被遺忘嗎？」
我想了想。「會啊。但是一般人除了工作外，很難再去聯絡誰。」
「太疏離了吧。你們沒有聯絡意識。」
「就是這樣啊。」
她走出去，我回頭望了一眼電話亭，也跟著走出去。
地鐵站空無一人，設施卻繼續運轉。自動駕駛電車一分鐘後駛來，我們進去了。車廂內傳來一波一波的喀隆喀隆聲，出奇得響亮。
好久沒聽到純粹的聲音了。

光直射入眼時，我睜大眼睛。事情並不尋常。

我知道我被帶離了。這種恍惚感剛剛坐車時也發生了，但沒現在的真實。某種東西開始逼近我。那個輪廓不像地球人，長得奇形怪狀，模模糊糊，沒有確切的形狀。

我分不清那裡究竟是過去還是未來。我不確定。

總之，我似乎掉入宇宙的祕密。

過去、未來與現在一定會同時發生。

我第一次產生這種念頭時，人置身於浩瀚的銀河中。

我可以知道，眼前的路不一定是路。

我可以知道，在地球上，不管多努力走到哪裡，抵達哪裡，結局都一樣。

我迷失了。

總之，我迷失了。

醒來時，青娃女孩還在身旁。我呼了一聲，又說：「簡直就像『搖擺河馬』。」

「什麼？」她轉頭看我，神情有些緊張。

「沒什麼事。」

後來我努力聽著喀隆喀隆聲，避免自己再掉入另外的空間。

電車抵達盡頭時，我們走出車廂。

後來我意識到自己正走上樓梯。然後是水。一打開門，地板上全是水。

牆上的時鐘顯示十一點整。

先前走路那一段路我沒印象了。青娃女孩說過什麼，我也沒印象。

我覺得自己似乎被什麼人用什麼東西剪掉，記憶失去好大一截。像電影的剪接手法般，被人任意挪動。但此刻我是活生生的人，不願意被人隨意湊來湊去。

水濺到褲管的印象。

什麼東西發霉的味道。

以及外星女孩在屋內東奔西忙的記憶也還存在。

我知道她正在尋找某樣東西。而那樣東西是什麼，她並沒有告訴我。

還沒告訴我。

快要告訴我了。

我將要知道了。

屋子內堆滿垃圾食物的包裝，還有啤酒罐和黃色雨衣。

廚房有燒焦的痕跡。

一本《查泰萊夫人的情人》擺在鞋櫃內，裡頭有三十二雙高跟鞋和一只透明絲襪。

房間十分凌亂，那裡放著唇膏、男人襯衫、女人化妝包、色情書刊和笑話大集。一堆亂七八糟的東西。

那些畫面片片斷斷。我一下子被帶離這邊，失去印象。一下子又恢復意識。

外星女孩拍拍我的臉，問我還好嗎？

此刻，我倒在沙發上，心疲憊極了。

「這是常有的事。別擔心。」

「我發生什麼事了？」

「你需要一些特殊氧氣。」

突然間，一種既濕潤又柔軟的觸感貼近了我的雙唇。一瞬間，我清醒過來。我充滿活力。我心臟跳動好大一下。

「這種氧氣會讓你好一點。」她說：「地球人適應新空間的能力比較差，所以常常有這種情況。記住，你不能被侵入。一但被侵入，可能會再也回不來。要小心。」

剛剛簡直像瀕臨死亡邊緣般。想繼續問下去，但此刻並不適合。她急著走。

「走了！走了！」她說。

「不繼續找嗎？」

「不，」她說：「現在找不到。」

我看時鐘，上頭是十一點七分。她找了七分鐘。

「你才找七分鐘，」我說：「我們大老遠跑到這裡來，應該有耐心一點。」

「已經找一個生命循環了。」

我覺得頗為奧妙，裡頭似乎蘊含什麼大道理。

但算了吧，我告訴自己，反正問與不問都一樣，既定的事實改變不了。

臨走前，我帶走那本《查泰萊夫人的情人》。

8

青娃女孩關上車門，車鑰匙插在孔上，轉開冷氣。

我敲著玻璃窗，發出一點聲響。從剛剛到現在她一句話也沒說，還沉溺在情緒內。不過氣息是穩定的。反正我無話可說，也只能等她開口。

我還在懷念她剛剛那一吻，心情有些激動。

但現在是什麼情況呢？

所有事物的距離難以捕捉。就連自己的心也難以理解。

「在正常的狀況下我會遇見他，可是我們現在闖進了另一個空間，所以遇不上他。這點邏輯，你能明白嗎？」她一臉平靜。

「明白。」

「其實，我還在擔心見到他，該說什麼呢。」

「他是誰？」

「我該找的人。不瞞你說，我回到地球是為了找他。不是宇宙據點的事。是私事。很重要的私事。」

「我無所謂，反正都來到這裡了。」

「真的很抱歉。」她說：「把你帶到這種奇怪的空間。」

「現在道歉不算遲，其實我早就發現了，事情並不單純。可是不知道是為了這種事。原來外星人也有感情，也會產生困擾，甚至做出行動。我一直以為，外星人只執行任務，沒有私人的情慾，沒有特定的喜好。」

「嗯。」她羞澀的低下頭。

我將注意力集中在談話上。

「時間錯過了嗎？」

「不是時間的問題，來得太早或太晚都一樣，在這個空間中，我遇不上他。」

「難道這是錯誤？偶然間發生的錯誤？」

「不，」她說：「沒有這種事。在宇宙計畫中，一切事物都是必然的。」

「被改寫了。」我說：「有時候也會那樣。劇本不好或者臨時換角色之類的。」

她忽然鬆了一口氣，肩膀放下來。

「解釋不清的。」

「必然的事，沒什麼好解釋的。」

我微微點頭，接受這個事實。

她按下收音機，訊號呈現嚓嚓嚓的聲音。切斷。轉為音樂碟。聲音充滿車子。旋律、曲調、歌詞都相當熟悉。那是我在跨世代經典排行榜上接觸過的歌手。

這時，她瞇上眼，嘴巴開始哼唱。

我有些生氣，畢竟外星人處理事情的態度也太隨便。竟然就那樣放棄了。畢竟我們可是花了時間來到這裡。事情沒辦成就算了。也不積極尋求其他可能性。就那樣接受下來。

我嘆了一口氣，覺得一切根本是自找麻煩。外星女孩跟地球女孩是同一個樣。

但為什麼，我又犯了同樣的毛病？是因為她是外星女孩嗎？還是我被她的外表迷住了？總之，不管如何，往後絕對不能太認真看待女孩的問題。

我聽著披頭四的音樂。剛剛的躁動已經漸緩下來。

「你們也聽披頭四嗎？」

她沒有馬上回應我，延遲五秒後才開始說話。感覺她剛剛抵達了遙遠的地方。

「因為是約翰·藍儂。」

「他有什麼特別嗎？」

「他的音樂充滿著愛。那愛的語言接近宇宙語言。其他人的音樂都不行。不管在地球上多麼有才華，地位多崇高都沒用。只有愛，宇宙才會賜予力量。沒有愛，沒有力量，終究會在宇宙中淘汰。」

我重複一遍她的話：沒有愛，沒有力量，終究會在宇宙中淘汰。

「他抵達地球時，發生了二次世界大戰。那個時代需要很多愛，戰爭太令人傷心了。大部分的地球人以為，他帶領整個時代，撫慰了世代，但其實這一切全是宇宙計畫。他的任務是必須待在那裡唱歌，讓地球人不那麼傷心。」

披頭四的歌聲使我振奮，我可以感受到他們對生命的熱愛。

「管他什麼宇宙計畫或帶領哪個時代，」我說：「約翰．藍儂讓我充滿希望。」

她沒說話。

「接下來呢？下一步是什麼？」

她一臉平淡。

我再問。「我跟著妳來到這裡，接下來呢？」

「幾百萬年來，宇宙資料庫顯示，宇宙中只有地球人不知道自己該做什麼。他們總是搞不清楚宇宙賦予的任務。只有極少數的人知道自己該做什麼。只有極少數的人抬頭真正看見宇宙。」

「沒錯。因為我對這個空間一無所知，而妳比我了解這個空間，所以我需要妳告訴我。」

她沒說話。

過了一會，她又說：「我有個問題，我想了好久，還是搞不懂。」
「什麼？」
「大多數的地球人為什麼要花很多時間賺錢，然後買房子，渴望家，但得到之後，為什麼又親自摧毀呢？」
「我不是那種地球人。我不知道。」
「我觀察的一千五百七十三億三千二百九十八萬五千三百九十五的地球人之中有百分之八十的案例，依照這個固定的模式運作。地球人的生活簡直是一本荒謬百科全書。」
「是啊。什麼也沒有改善。大家還是一樣。過一樣愚昧的生活。愛一樣傷害自己的人。然後一樣生，一樣死。」
「就像『搖擺河馬』一樣。」我忽然想到。
「或許吧。」她說。臉上露出倦容，心微微地發痛。
「怎麼了？」
「思念，那個地球人。」
「但現在沒辦法啊。來到錯誤的時空。」
她張開眼睛。
「我好累，要回家了。你也回去你的地方吧。這一趟已經耗費太多宇宙資源了。」

我相當錯愕。

「怎麼回去？」

「按照原路就找得到原來的空間。不過要小心，有東西會魅惑你，記得不要往後看。一但被吸引，你就會在地球上死亡，永遠活在咖啡漬中。而這件事會被醫生斷定為呼吸中止症。不是開玩笑的，請你放在心上。」

「再見噢。」一說完，她壓下車內的「臨時停車」按鈕，身體瞬間消失。

事情太過唐突。她跟所有地球人般，說走就走，說來就來，獨留我一個人疑惑。之後我在車內聽完整首的〈Across The Universe〉後，打開門，往車站走。

又回到一個人了，我漫步在寂靜中。

這是一座空城。沒有人。沒有生活。沒有生命。有的只是建築模型般的大樓。旋轉霓虹燈。廣告招牌。紅綠燈。天空，沒有雲，沒有鳥，什麼都沒有。

這裡不可能存在魅惑我的東西。

我沒有任何留在這座空城的慾望。這裡沒有我愛的人。

不過回頭想想，回到原先的空間，那裡又有什麼值得我繼續活在那裡呢？

忽然間，我想起蝴蝶袖女孩，想與她好好暢談心事。我應該告訴她的。一直以來，她信任我，而我卻無法把自己交給她，反而跟剛認識的外星人說了好多話。

我不知道自己為什麼會這樣，是我不夠信任蝴蝶袖女孩嗎？我不知道。

待在地球真的很孤獨。

有一瞬間，我感覺待在哪個空間都一樣，回不回去也無所謂。

然後我抬頭，深吸一口氣，緊握拳頭，看見一塊冰淇淋廣告招牌，上面寫著：哈瓦娜冰淇淋買一送一。

突然間，我似乎領悟了什麼。

剛剛使我喪失生命意義的力量，應該是魅惑我的東西。

差一點，我就會在地球上被醫生診斷為呼吸中止症。

我不再理會剛剛的事情，直接走進公車轉運站，穿進自動門，一回頭，我看見後方的虛無抓著我擠進大樓。

再一回神，周遭佈滿人潮，我知道自己回來了。

是「哈瓦娜冰淇淋買一送一」帶我回來的。

9

青娃女孩離開後，日子簡直就像海苔片般，一張張被吞下去。什麼鳥事也沒有發生。

我問自己，這究竟是做夢還是真實的呢。

我不停打電話給Yes!Man先生。但他被困住了，暫時沒有回應。

我走到樓梯下，開始跟那隻討人厭的貓說話。

我問牠，你也看過青娃女孩吧。

你也知道她是外星人吧。

事情不只發生在我身上，也發生在貓哥哥身上啊。你和她，在這個宇宙中，有那麼一分鐘曾經相處過，這樣的緣分不是平白無故得來的，明白嗎？

她可是Ｕｍｍ星球上的人，而貓哥哥是屬於地球上的貓。

你們相遇了。

這件事，你還有印象吧？

我問了貓好多次，但貓老是瞇著眼，擺出一副討厭的模樣。

我也問神。問宇宙創辦者。並向宇宙發出訊號。只為了一個答案。

但所有事情就跟『搖擺河馬』一樣。毫無道理。

在那之後，我重新回到生活軌道。

早晨七點走到聯合公園，一邊曬太陽一邊吊單槓。

八點吃兩份早餐，多半是麥香魚堡和飯糰，偶爾吃蛋餅和炒麵。

九點工作直到下午六點。中間吃了小飛機餅乾和兩杯沖泡咖啡，上了五次廁所。沒心情工作時，也不出門，只待在工作室內走來走去或望著窗外的麻雀飛翔。

晚上七點吃附近的便當店。

每天的菜色都一樣。所有事物都一樣。沒什麼起色，也沒什麼崩潰。

周遭沒有突來的大地震或海嘯來襲。

世界末日以及神降臨的事情也不會出現。

每天有的只是必須為了生存、為了理想、為了所愛的人所做的日常努力。

突然有一天，我開始發現自己的雕刻有所不同。似乎開始有了生命。

那是在我意識到距離的問題之後。

是距離。

永遠是距離。

拉得太遠，生命變得冷酷孤傲；拉得太近，生命敏銳炙熱。但不管如何，我想當一個擁有適當溫度的人。明白這個道理之後，我的作品開始能隨著身體扭動的方向前進了。

後來的日子煩悶得不得了。再次打電話給蝴蝶袖女孩是三個月後的傍晚。

「你去了一趟遙遠的地方旅行，一回來，只想跟我吃哈瓦娜冰淇淋？」

「嗯。就是這麼回事。」

「而且現在買一送一。」

她猶疑了一下，又說：「我剛好有煉乳甜甜圈折價卷。」

「咦？」我說：「沒記錯的話，兩家店在同一個街區吧。」

「是啊。」她說：「可是我記得你平時不吃甜食啊……」

「有時也會出現那種想為了妳轉變一下的衝動。」

她沉默了一陣子。「你該不會愛上我了吧？」

「如果是這樣的話，」我說：「妳該怎麼辦呢？」

「我無所謂啊。」

「愛，是最好的語言。」我說。

「愛？」她說：「怎麼突然提到這個？」

「你發神經嗎？」

「有些感觸罷了。」

「你到底去了哪裡？」

「被挾持啊。外星人讓我明白這一切。過去不明白的，似乎慢慢懂了。」

「我以為你看得很透徹。」

「沒有那種事。不明白的事多到數不清嘛。」

我們約完時間，掛斷電話，開始期待碰面。

隔天，下午五點，我們在哈瓦娜冰淇淋店碰面。

她待在靠窗的座位，正在翻閱一本書。

我有些驚訝。那樣的厚度那樣的紙張色彩，一聞味道，我馬上就知道書名。

那是我的書。是圖書館借不到的書。出版社已絕版。二手書店也不賣。世界上僅存一二一本的繁體書之一。她手上翻著我找了好久的書。

「原來書在妳那裡。」我說：「我不記得借過妳。」

「你沒借我，」她說：「是我自己拿走的。」

「這樣子啊。」

「生氣了嗎？你的臉有情緒。」

「嗯。」我說：「不是那種情緒……怎麼說呢……書給我一下……」

她把書推向我。我掩飾不了內心的興奮。我翻到一〇五頁，找出第五行第七個字，開始往下閱讀。

那是一段觸及心靈的文字。雖然我完完全全地記起來了，但仍想再看一次。那種感動無法由視覺娛樂滿足。

「你對這種事情這麼偏執嗎？」

「簡直就像儀式啊。」

「隨便囉。不管誰怎麼說，這是我自己的事。」我說：「就跟街頭女生認為只要把自己打扮成大眼睛、長睫毛、塗得白白淨淨的儀式一樣。」

她皺眉頭。「這是兩碼子事吧。我記得你每個女朋友都長那副模樣。」

「隨便啊。我不在乎。」

「說話東拉西扯的。」

「誰平常說話不這樣呢。所有事物就像『搖擺河馬』一樣。」

「什麼意思？」

我不再理她。最近我老是說這句話，或許是種思念吧。

有五分鐘，誰都沒有說話。我正待在咖啡漬中，享受眼睛與紙張的親密接觸。文字的思想碾進全身細胞，一瞬間精神充滿愉悅。我難以解釋。但那段文字總讓我感到美好。

之後，我闔上書本。盯著她的臉。

「可以了吧。」她說：「這本書我前前後後看了五遍，實在看不懂。每一行文字都很簡單、清楚。每個段落每個章節也能夠理解。但組合起來天馬行空，十分凌亂。十分跳躍。找不到主題。」

「是啊。」我說：「你聽過皮亞佐拉的探戈嗎？」

「沒聽過。」

「那是一種上面在歡愉的跳舞，下面卻在哭泣的音樂。這本書就是給人這種感覺。沒有任何時代、形式的包袱。」

「那這本書究竟在表達什麼？主題是什麼？」

「人們欣賞舞蹈時，也不明白所謂的主題啊。」我說：「觀眾追求的是一瞬間的精神愉悅。那一瞬間再一瞬間堆積起來的美感和驚訝。」

「太深奧了。」她說：「不過這個作者寫的東西有讓人往下看的衝動。明明讓我看得不知所云，卻能抱著期待走到盡頭。」

「好像生命。」

「不過，說到底這些並不重要，」我說：「管他什麼內容。我只是純粹地喜歡這個傢伙寫的東西。純粹地喜歡這個傢伙說的話。純粹地喜歡這個傢伙做的任何事。有時候，就是這樣。」

「好像是作者電影般的東西。」

「別管這些了，」我說：「妳最近還好嗎？」

「說到這件事，」她嘆一口氣，又說：「暫時先告一段落，等颱風過去吧。」

「我同意。」

「現在我想做一件事。」她拿出紅色化妝包，掏出卸妝油、卸妝棉，也拿出鏡子。

「不管如何，」她說：「本質不變。我一直記得這句話。誰說的？」

「管他誰說的，這句話帶有詩意。」

「其實我失去很多勇氣和自信，」她說：「現在該找回來了。」

我對她微笑。她也對我微笑。

那笑容超越任何事物。

是溫暖的真實交流。

之後，她開始輕輕地擦拭美麗的妝顏。

我想過不久，真正的她就能再度回來了。
我舔了一口哈瓦娜冰淇淋，而冰淇淋讓人冰冰涼涼的。
我知道自己確實活著。
活在這個到處充滿「搖擺河馬」的宇宙中。

—全文完—

語言文學類　PG2067　SHOW小說45

圍牆情人

作　　者/唯　然
責任編輯/陳慈蓉
圖文排版/林宛榆
封面設計/楊廣榕

發 行 人/宋政坤
法律顧問/毛國樑　律師
出版發行/秀威資訊科技股份有限公司
114台北市內湖區瑞光路76巷65號1樓
電話：+886-2-2796-3638　傳真：+886-2-2796-1377
http://www.showwe.com.tw
劃撥帳號/19563868　戶名：秀威資訊科技股份有限公司
讀者服務信箱：service@showwe.com.tw
展售門市/國家書店（松江門市）
104台北市中山區松江路209號1樓
電話：+886-2-2518-0207　傳真：+886-2-2518-0778
網路訂購/秀威網路書店：https://store.showwe.tw
國家網路書店：https://www.govbooks.com.tw

2019年6月　BOD一版
定價：290元

國家圖書館出版品預行編目

圍牆情人 / 唯然著. -- 一版. -- 臺北市 : 秀威資訊科技, 2019.06

面； 公分. -- (語言文學類 ; PG2067)

(SHOW小說 ; 45)

BOD版

ISBN 978-986-326-692-1(平裝)

863.57 108007999

讀者回函卡

感謝您購買本書，為提升服務品質，請填妥以下資料，將讀者回函卡直接寄回或傳真本公司，收到您的寶貴意見後，我們會收藏記錄及檢討，謝謝！

如您需要了解本公司最新出版書目、購書優惠或企劃活動，歡迎您上網查詢或下載相關資料：http:// www.showwe.com.tw

您購買的書名：____________________

出生日期：________年________月________日

學歷：□高中（含）以下　□大專　□研究所（含）以上

職業：□製造業　□金融業　□資訊業　□軍警　□傳播業　□自由業

□服務業　□公務員　□教職　□學生　□家管　□其它____

購書地點：□網路書店　□實體書店　□書展　□郵購　□贈閱　□其他

您從何得知本書的消息？

□網路書店　□實體書店　□網路搜尋　□電子報　□書訊　□雜誌

□傳播媒體　□親友推薦　□網站推薦　□部落格　□其他________

您對本書的評價：（請填代號　1.非常滿意　2.滿意　3.尚可　4.再改進）

封面設計____　版面編排____　內容____　文／譯筆____　價格____

讀完書後您覺得：

□很有收穫　□有收穫　□收穫不多　□沒收穫

對我們的建議：____________________

____

____

____

請貼
郵票

11466
台北市內湖區瑞光路 76 巷 65 號 1 樓

秀威資訊科技股份有限公司 收

BOD 數位出版事業部

....

（請沿線對折寄回，謝謝！）

姓　　名：＿＿＿＿＿＿＿＿＿＿　年齡：＿＿＿＿　性別：□女　□男

郵遞區號：□□□□□

地　　址：＿＿＿＿＿＿＿＿＿＿＿＿＿＿＿＿＿＿＿＿＿＿＿＿

聯絡電話：(日)＿＿＿＿＿＿＿＿＿＿＿＿(夜)＿＿＿＿＿＿＿＿＿＿＿＿

E-mail：＿＿＿＿＿＿＿＿＿＿＿＿＿＿＿＿＿＿＿＿＿＿＿＿